DENTRO DE TUDO, A NOITE

PROAC
EDITAIS

CULTSP

Secretaria da
Cultura, Economia e Indústria Criativas
SP
SÃO PAULO
GOVERNO DO ESTADO
SÃO PAULO SÃO TODOS

Marana Borges

DENTRO DE TUDO, A NOITE

Editor:
Marcelo Nocelli

Revisão:
Marcelo Nocelli
Natália Souza

Foto da autora:
Antonio Torres

Design, editoração eletrônica e capa:
Karina Tenório

Dados Internacionais de Catalogação na Publicação (CIP)
Bibliotecária Juliana Farias Motta CRB7/5880

Borges, Marana
Dentro de tudo, a noite/ Marana Borges. – São Paulo:
Reformatório, 2024.
238 p.: il.; 14x21 cm.

ISBN: 978-85-66887-77-8

1. Romance brasileiro. I. Título.
B732d CDD B869.3

Índice para catálogo sistemático:
1. Romance brasileiro

Editora Reformatório
www.reformatorio.com.br

CAPÍTULO I

Mãe dizia para afastar os brinquedos das paredes, elas estavam envergando com as infiltrações. Havia um epicentro, assim ela o chamava, de onde saía um tremor, toda a água a se espalhar pelas rachaduras e amolecer o pé direito da construção. A taipa viria abaixo e era melhor não estar por perto quando isso ocorresse. Mãe falava de águas, e dizia que os outros não lhe davam ouvidos porque preferiam morrer soterrados, as mãos entre escombros pedindo socorro, ou o mofo por dentro de gargantas tuberculosas, do nariz, a pele desfazendo-se em escamas de peixe. Passou meses dizendo e, quando se cansou de dizer, anunciou a derrubada das paredes. Era uma manhã de abril.

— Mais um pouco e a casa cai — disse. — Ou a menina apanha a mesma tosse da avó.

Sentado à frente, pai fingia não escutar. Desenrolou o guardanapo com demora, de cabeça baixa. Era o único que ainda usava guardanapos de pano. Depois de estendê-lo sobre o colo, falou uma longa e enviesada frase que ninguém entendeu, e só podia querer dizer que era contra.

A filha, alheia, jogava miolos de pão dentro da xícara. Os pedaços boiavam no café, inchados de preto. Ela nada dizia. Nem quando lhe serviram o leite, já frio. Mas o avanço invisível da água pela parede, como mãe falava, a água que se alastrava pelas fendas até deitar a casa abaixo — causou-lhe grande impressão.

CAPÍTULO 2

Nem o nome a menina escolheu, como tampouco se escolhe a cor dos cabelos. Foi a avó, seguindo tradição de família católica: — “Vai ser Aparecida”. E assim foi, e ficou sendo. Mania de redimir desgraça: muito tempo antes, foi à Nossa Senhora Aparecida que se dedicaram as rezas para curar a doença da primeira portuguesa de olhos escuros a desembarcar nos trópicos depois do terremoto de Lisboa. Teria chegado primeiro a Salvador. Sofria de dores de cabeça. Não se soube como viveu até que, casada com um fidalgo no Rio de Janeiro, passou a habitar um sobrado amarelo de costas para o porto. Pouco depois, partiu à sesmaria que o marido obteve no interior paulista. Assentaram depois da serra, resguardada do Atlântico. Diziam que a mulher tinha medo do mar.

Cercada por montanhas e canaviais, sentiu-se mais protegida, mas as dores de cabeça pioraram. Começou a ter visões e náuseas: viu a maré subir e inundar o vale, afogando árvores e pessoas. As mulheres das redondezas acudiram e durante nove dias aglomeraram-se à sua volta, oferecendo rezas à santa protetora daqueles campos. Quando por fim a portuguesa levantou-se da cama — calçou sandálias, puxou cortinas, abriu janelas — todos disseram se tratar de um milagre. A mulher, tornada devota de Nossa Senhora Aparecida, saiu em romaria à capela do Morro dos Coqueiros, onde ficava a estátua sagrada. Voltou com uma cópia em terracota da imagem, e na mesma tarde trocou o nome da única filha mulher, então com quatro anos, pelo da santa. Os nomes dos varões ficaram intocados.

Antes de colocar a estátua no altar, achou ela muito escura e mandou pintá-la de branco. Deixou de ser apenas uma estátua: tornou-se uma relíquia da família.

Dois anos mais tarde a doença voltou, ou talvez nunca tivesse ido embora, cariando a alma como faz o tempo amarelado do papel, mas o fato é que as náuseas retornaram. Como se a mulher ainda estivesse em alto-mar, buscou o convés para apoiar-se na amurada, avistar a fenda aberta no oceano pela popa do navio, e verter. Mas era apenas um alpendre. Ali esperneou, convulsionou e morreu. Depois da missa de sete dias, e de um mês, e de um ano, ninguém ousou trocar novamente o nome da filha, nem de todas as outras mulheres da família que vieram depois dela.

Gerações seguidas e Aparecida, a derradeira. E assim foi, e ficou sendo desde então. Aparecida e mais nada. Sem complementos. Ou, se tinha, não soube.

Não perguntou onde mãe escondia papéis de importância. Também não conhecia apelidos, porque nunca teve amigos nem inimigos. Era uma mulher de sorte, como o são as pessoas que seguem ditados e preferem andar sós a mal acompanhadas. Diz-se mulher porque é costume nomear assim tudo aquilo que carrega dor profunda no peito. Não era mulher: era uma criança.

Tinha o olhar escuro, como todas as outras Aparecidas. Antes que vivesse já haviam vivido por ela, e ela, por todas. Escuros eram também os cabelos, e tão lisos que desvaneciam no vento. Era de vento, a menina. Embrulhava-se nos lençóis e colchas estendidas no varal, abrindo caminho por dentro dos panos, correndo entre essas grandes paredes de algodão que os tecidos formam, pendurados, e ali inventava um céu para si. Podia tocá-lo e se perder.

O corpo e a boca cheiravam a alecrim desde que uma benzedeira usou um ramo da planta para curar a menina. As criadas haviam reconhecido a benzedeira do alpendre: a corcunda feito monte envolto em si mesmo, dentro de uma túnica negra. Era a mulher que curava pelas preces. Ela, ao passar por aquelas bandas à procura do cachorro que fugira, cruzou a porteira aberta e foi dar sem querer em terras alheias. As criadas a chamaram às pressas para corar o rosto de Aparecida. Gritaram: minha senhora, minha senhora, minha senhora, assim, três vezes, com as mãos curvas ao redor da boca, logo esticaram os pescoços, os braços, os dedos, acenando de longe. Ela ouviu e veio ter com a família. Pai andava com os *Annaes de Medicina Brasiliense* à mão, em busca de explicações para a fraqueza de Aparecida; mãe reclamava do calor. Ficaram surpresos quando souberam a origem da visita: — "Então era a famosa benzedeira?"

Aparecida, de tão branca, parecia morta. Na semana anterior viera o padre batizá-la: ela chorou e a pele enrubesceu. Mas depois ficou branca de novo. A benzedeira não quis esfregar-lhe a arruda que trazia consigo, como mandava o costume, por achar a menina nova demais. Pediu um pouco de alecrim. Trouxeram-lhe o ramo ainda fresco de orvalho. Bateu levemente com ele na menina, rezando e fazendo o sinal da cruz. Foi como esfregar uma mão contra a outra para inventar fogo: de nada adiantou. Aparecida, no entanto, riu de cócegas, e todos deram-se por satisfeitos. "Não carece de preocupação. Essa menina vai ser para sempre da cor de um susto, como Maria." E assim foi. A benzedeira ainda receitaria chá de alecrim por quinze dias, antes de tomar o caminho para o norte — tinha pressa em procurar seu cachorro. Saiu carregada de figos, mangas e um chapéu de abas largas doados pela família. "Em sinal de elevado agradecimento", pai fez questão de ressaltar ao acompanhá-la à porteira.

— Como era mesmo o cão que buscava, minha senhora?

Ela voltou-se: marrom.

Pai acertava o chapéu-coco na cabeça. Avançou um passo, pensativo. Seria cor de jatobá selvagem ou de uma cerejeira envernizada?

— Mais escuro, quase preto.

Ele esboçou um sorriso. Levou a mão ao bigode, enquanto forçava a vista. Alisou-o. Então teria os dentes afiados, desses que logo se nota serem de cão?

— Assim.

Pai exaltou-se. As orelhas estariam de sobreaviso?

— Assim.

Ele ainda oscilou a cancela, fazendo ressoar uma dobradiça enferrujada:

— Pois não, minha senhora — disse. — Este não passou por aqui.

Em seguida tirou o chapéu e se despediu, inclinando o tronco à frente. O gesto soou a condolências.

A não ser o médico que tratava com xarope de Dusart, alho e marmelo as tosses da avó de Aparecida, refugiada no quarto, depois de haver testado a homeopatia e as novidades da medicina inglesa, mais ninguém cruzava a zona. Por falta de habitantes, não podiam chamá-la de vila nem arraial. Davam-lhe desígnios os mais vagos: região, localidade, território. Os animais eram os mesmos: um bocado de galinhas, duas cabras magras e porcos a revirar lama. Nenhum cachorro. Já houve muitos, dos mais ágeis, na época em que os capatazes não davam conta de tantos escravos. Depois foram minguando, alguns levados por cativos libertos, outros abandonados nas ribanceiras. Desapareceram. Havia, sim, muitos pássaros, mas é provável que o grunhido dos porcos à véspera da morte, com as patas traseiras cavando a terra feito pás que abrem covas — é provável que os assustasse, pois regressavam somente depois do abate.

CAPÍTULO 3

Em criança, Aparecida seguia muito branca e já andava no mato a catar alecrim. Mastigava-os até escurecerem. Logo os cuspia e voltava à casa pedindo açúcar. De tanto arranhar a terra e enroscar-se em musgos, as unhas da menina estavam sempre pintadas de barro. Os bolsos, os forrava com toda a espécie de folhas, santas ou pagãs: erva de santa maria, de são roberto, de são joão, de são cristóvão, cardo santo, louro, cidreira, samambaia, hibisco, folhas de mangueira, limoeiro e lírio do brejo. Espalhadas depois pelos rodapés das paredes, serviam para marcar o caminho ao quarto da menina, espremido entre tantos aposentos.

Conforme Aparecida deparava-se com mexericas no chão, caídas dos galhos, depois de havê-las comido e cuspido os miolos com bichos, e retirado um ou outro fiapo preso nos dentes, jogava as sementes às galinhas, que lutavam entre si pensando ser milho. Também cuspia pedaços de goiaba e manga.

Mãe esconjurou a benzedeira por ter arraigado na filha hábitos selvagens. Mas também as três criadas, por um dia haverem chamado a benzedeira à casa.

— Têm parte com o diabo. Todas elas.

As criadas juravam-se cristãs: levavam crucifixos pendurados no pescoço e terços em volta dos tornozelos. Mãe não acreditou. Desconfiava sobretudo da mais nova, filha de uma escrava feiticeira conhecida por ser uma sobrevivente do naufrágio do Palmeiras, com centenas de africanos a bordo. Os corpos desfigurados foram dar à beira da praia, no Capão da Negrada, sul do Brasil, e os demais destroços do navio ficaram às vistas nas manhãs de maré baixa. Estancieiros e charqueadores arrebataram os vivos remanescentes em leilão. Em uma das negras, dizem, nasceu uma cicatriz em forma de foice acima da sobrancelha. Começou a predizer mortes: anunciou o fim de seu senhor por embuste na charqueada. Venderam-na. Previu o horror de um capataz esmagado pelo moleiro. Venderam-na. Assim passou por várias casas, cidades e províncias, até sucumbir ao banzo. Deixou vasta prole.

— Só pode ser da mesma família — pensou mãe quando soube da antiga história e no dia seguinte olhou a meia lua no rosto da criada. Diante do espelho, a mulher lhe abotoava as costas do vestido. Devia ser uma das filhas da feiticeira, mãe pensou. Teve vontade de perguntar sobre o futuro, mas temeu que a mulher anunciasse desgraça. Desde então, e por receio, guardou em segredo sua descoberta.

Quando Aparecida deu para catar mato e cuspir às galinhas, mãe manteve a criada vidente em casa, por medo de alguma vingança ou mau agouro, e despediu as demais. Contratou duas novas. Ao chegarem ao sobrado, pareceram-lhe as mesmas. Voltou a despedi-las, e tornou a contratar outras duas. — "Têm todas a mesma cara, cor e pecados", concluiu. Sem saber qual das três era pior, maldizia todas, e não gostava que a menina ficasse perto delas. Aparecida, porém, apegara-se à mais jovem, a vidente, e às vezes se escondia entre os panos da longa saia dela quando mãe passava.

Mãe exigiu delas apenas o essencial à filha: o asseio e a comida. Às vezes mandava banharem a menina três vezes ao dia para disfarçar o cheiro de alecrim, e pendurou estrelas-de-anis de oito pontas na cabeceira da cama dela, ao lado de uma reza contra mau-olhado.

Mas Aparecida não se bastava com alecrim, mato e sementes. Ela queria ser árvore: desceu ao quintal dianteiro, onde o capim crescia à altura das costelas, e subiu na mangueira. Escalou devagar os primeiros braços da árvore. Não olhava para baixo. Ao atingir o ponto mais alto que pôde, abraçou-se a um tronco lateral, e ficou. Era sempre assim. Enquanto estivesse nessa posição, não ouviria nenhuma ordem.

Mãe se esgoelou da janela, desce, vai cair, vem pra dentro. Sabia que a filha estava ali porque de vez em quando os galhos sacudiam. A menina não respondeu, e mãe zangou-se. Que viesse logo, o sol estava de matar. A menina nada disse. Mãe voltou a chamá-la. Estava gorda, mãe. Tão gorda que a voz saía entrecortada pela falta de ar. Teve de sentar-se na cadeira junto ao peitoril; inspirou fundo algumas vezes, e tornou a sair à janela de guilhotina: — "Vai ferver a cabeça, vai ter alucinação". Sentou-se de novo. Fez um gesto para se erguer, mas, por fim, se reclinou sobre o encosto da cadeira.

A menina sabia que mãe era gorda. Subia as escadas como anciãos, devagar, avançando sempre com a mesma perna. A outra chegava depois, atrasada. O braço apoiado no corrimão. Às vezes mãe se queixava, pedia ao marido a receita de algum purgante para emagrecer.

Aparecida gostava dela. Daquele jeito que ela era.

Pai entrou com uma xícara de café. Sentou-se.

— Deixa lá a menina — ele disse, atrás. Talvez a filha tivesse sorte ao sol e ganhasse a cor dos vivos.

— Ficou assim porque tomou leite de ama preta — queixou-se mãe, virando-se para ele, e saiu à janela de novo. Gritou, acenou. Acabou desistindo. Fechou a janela. Mandou a criada atrás da menina. Que a trouxesse pelos cabelos. Ficou a olhar pelo vidro se ela obedecia.

Os pés da menina começaram a formigar. Agarrou-se ao tronco com mais força. Aos poucos foi caindo, o dorso curvou para baixo, em forma de rede. Aguentou um pouco mais. Então soltou as pernas e, equilibrando-se com as mãos, tomou impulso. Alcançou galhos mais baixos, e foi descendo. Saltou ao chão com os dois pés. E depois correu.

CAPÍTULO 4

A mucama retornou antes da chuva, trazendo Aparecida pelas mãos. Antes de entrar em casa, a menina arrancou pétalas de mariazinhas e as colou com cuspe nas unhas. Assim ninguém perceberia que estavam encardidas.

Mãe vinha do quarto de sua mãe, a quem acostumara chamar de avó por causa de Aparecida. Trazia um vidro de xarope. Deixou ele sobre a mesa. Quis saber coisas: onde é que a menina estava, o que era aquela ferida no joelho, por que o vestido ficou encardido. Aparecida olhava. Mãe quis saber se a menina era muda.

— Não, mãezinha.

A menina tropeça e cai.

Chega mancando à clareira, ao pé de uma colina. Sentada na terra, um dos joelhos esticados, abraça o outro e observa a ferida que sangra. Assopra. Tenta adivinhar o desenho do machucado: uma colher. A cara de um pato. Dói. Deita-se. As costas ajeitam-se entre a grama e algumas pequenas pedras. Aparecida aperta os olhos porque o sol é forte. Com eles fechados, enxerga círculos vermelhos flutuando sobre um fundo preto. Abre-os de novo. O céu está limpo. Venta.

A mucama havia dito: que um dia o céu encostou-se à terra para conversar. No começo. Depois se separaram, cada qual para um canto. A menina foi perguntar se era verdade. Pai desmentiu. Mãe ralhou a negra por andar a contar feitiços à menina.

Mas parecia verdade. No começo, céu e terra juntos a conversar, e era noite tudo, as coisas e os homens não podiam crescer, ficavam agachados. Tudo à sombra.

Mãe pediu para ela mostrar as mãos.

Aparecida olhava.

— As mãos, Aparecida.

A menina as escondeu atrás. Os punhos fechados.

Deve ter sido há muito tempo. Porque o céu está longe — seria preciso falar muito alto para ele escutar. Agora o céu tão azul. A terra, o vento que embaralha os cabelos, a mangueira a perder de vista, os dedos que Aparecida estica para cima tentando alcançar aquele teto distante onde só os pássaros, onde ela não chega — nada tem a mesma cor, nada. É só dele, o azul. A menina entende: ele estava sozinho.

Soube-se céu.

— Quantas vezes é preciso falar? — perguntou mãe enquanto Aparecida dava palmadas no vestido para limpá-lo, e com isso o sujava mais e removia o esmalte de flores das unhas. Mãe contou das doenças dos bichos, do mato, da terra. Que havia cocô de galinha, febres, pragas, havia plantas venenosas, a urtiga queimava e fazia ferida, disfarçada na folhagem. Como podia ser tão mal-criada, a menina? Não tinha ver...vergonha? Mãe, de novo, estava sem fôlego. Sentou-se. Por acaso a menina queria ficar doente — mais fôlego — doente como a avó?

Aparecida olhava.

Aparecida olhava, mas não entendia. Era de um talento desafinado para as regras. Regra é fazer o que se pode com o que se tem — alegria. Mas não tinha nada. Nem sombra. Era magra, pálida, quase morta. Quer dizer: tinha rendas em barra de saia e marcas de dedos na parede do quarto. Também tinha feridas prematuras: cedo aprendeu que flor inclinada, na verdade, chora.

Bate de novo o vento forte, levando para longe uma folha enroscada no cabelo da menina. De súbito, o sol envelhece. As nuvens, arrastando consigo sacos escuros, chegam pelos lados. Tantos sacos quanto fossem precisos para, uma vez abertos, o sol sufocado, verterem toda a água sobre o vale, junto ao monte que era vale, os cabelos sobre o monte, Aparecida.

— Aí escondida?

A menina se assusta. Vira-se. A cabeça da mucama assoma feito uma nuvem e cobre o rosto de Aparecida. Era Nanan. Ficam ainda a se olhar. Nanan tem os olhos grandes, conseguia ver tudo de longe, e a boca grande de histórias, e as mãos grandes de segurar baldes, mangas, folhas, de segurar a mão da menina.

— Água de chuva é o perfume das flores.

Aparecida também gosta de flores, então quer gostar de chuva, quer se molhar. Mas não pode. Nanan faz sinal. A menina se levanta. Estende a mão para ela, e vão as duas andando pela várzea.

Quando soa o trovão, mãe já está de pé e deixa Aparecida sozinha, com o eco das palavras sem fôlego. Chama as duas criadas. A terceira prepara a comida no piso de baixo. Movimentam-se rápido, de janela em janela. Mãe vai com elas. Lá vem tempestade brava, diz. As cortinas, fechem tudo. As mulheres correm pelas outras alcovas fechando e abrindo portas, empurram dobradiças e tapam com as cortinas o som das rajadas de ar que entram pelos buracos da veneziana. A casa anoitece.

Mãe não gostava da chuva porque causava infiltração.

A culpa era também da velhice, dizia, as paredes tortas à maneira da corcunda dos velhos, venha ver, minha filha, como se estão a desmanchar todas, e a água a amolecer a taipa por dentro, olhe para isto, que desgraça. Um dia caem.

A menina olhava.

A desgraça de Aparecida não começou com as chuvas, nem com os homens das obras que chegariam para tapar as fendas das paredes, em fila de sessenta palmos, trajando roupas simples, sujas de terra e poeira, no porte apenas de seus nomes, pronunciados aos solavancos. Não. Nem mesmo com o pó que a reforma do casarão deixaria — o pó que de início levantava como estrelas quando as criadas chacoalhavam lençóis contra o sol. Aparecida saltava para agarrá-las, mas elas escapavam feito vaga-lumes. Com o tempo, a poeira ficaria espessa e haveria de cobrir os cabelos da menina.

A primeira desgraça veio antes: veio nos olhos de mãe. Mãe a dizer da casa, da avó doente, das paredes mancas. A superfície dos olhos agitava-se em ondas. Eles perdiam o foco, nadando à deriva, e mãe perdia o fôlego. Se a menina fosse ao menos cinco anos mais velha teria entendido, anotado: "Aqui começa a história. A desgraça". Não. Apenas olhava e, com seus próprios olhos, aqueles seus olhos pretos de lodo, tinha medo.

Também teria medo quando, mais tarde, o leve tremor nos olhos de mãe se propagasse pelos vidros da casa. Culpa das ventanias do verão, pai diria. Aparecida escondida atrás de caixas, livros e pertences antigos de outras gentes, e mãe a gritar aos santos: a casa não aguenta, a casa vai desabar. A menina haveria de se acostumar: já se habituara antes aos sapatos de numeração maior, herdados de outras Aparecidas, e aos garfos, quando mãe reservou as colheres às sopas.

A filha também ouvia a chuva? As pancadas do aguaceiro no telhado?

Mãe quis saber.

— Um dia tudo despenca e nós aqui dentro — disse mãe.

A menina não queria que a casa caísse.

CAPÍTULO 5

— A casa cai?

— Cai, não.

— Cai, Nanan?

— Cai, não.

— E se cair?

— Cai é dente.

Aparecida então cavoucou com a língua o buraco de um dente de leite no canto da boca. Caíra duas semanas antes. Parecia canjica, disse Nanan: era branco e duro. A menina quis botar de volta, não queria ficar banguela, e acabou o engolindo.

CAPÍTULO 6

A chegada dos novos empregados tomou Aparecida de surpresa: carpinteiros, pintores, ferreiros, moleiros e pedreiros com suas enxadas perfizeram a trilha à fazenda. Há muito a menina não presenciava tanta gente reunida: eles terão saído dos porões de casas invisíveis ou mesmo dos imensos formigueiros que se erguiam às costas das colinas. Formigas com folhas às costas, era isso, no caminho para casa. Apressadas. Havia tanto a percorrer! Recortavam as vertentes a passos ligeiros, marcando uma linha precisa. A menina acompanhava à distância, com o indicador. O risco de nanquim desapareceu mais à frente, engolido pelas tranças das árvores, pelo peso do matagal — e o dedo da menina parou, suspenso no ar. Perdera sua história. Igual a quando tinha de memorizar uma reza longa.

Mas aos poucos as figuras ressurgiriam firmes pela porteira, dando a volta ao terreno. Do alpendre, Aparecida desembestou porta adentro para alcançar o outro lado da casa. Abriu e fechou portas, deu com o entalhe de São Jorge na capela e com o retrato de D. Pedro II em um dos aposentos — os quais chamava somente de santo e de rei — desviou da maçaneta trancada do aposento da avó e do relógio que zumbia um quarto de hora. Buscava uma janela aberta.

CAPÍTULO 7

Quando mãe decidiu que a reforma era iminente, mandou vir primeiro o engenheiro português que reformara um sobrado do outro lado do rio. De seu paradeiro ninguém sabia — a carta voltou com a mesma lentidão com que o cocheiro, um empregado afeito nas mais variadas tarefas, percorreu o vale para entregá-la. A senhora então convocou a contragosto um mestre de obras sem diploma que de jovem ampliara os estábulos para acomodar a cavalariça de doze mangalargas, hoje reduzida a dois crioulos e um jumento. Como estava muito velho, os olhos extraviados pela catarata, em seu lugar enviou o filho, e este mandou, por sua vez e de última hora, dois primos de terceiro grau.

Se não tivessem chegado juntos, ninguém diria que eram do mesmo sangue: o mais novo, tão alto que apenas sentado se lhe podia ver o rosto; o outro, baixo e com o pescoço escondido entre os ombros. Tinha a arcada de dentes para a frente e, talvez por isso, sorria muito.

— É por aqui — disse o capataz, entrando no cômodo dividido por um balcão e cheio de armários. Apontou dois caixotes de madeira que serviam de assento. O capataz era daqueles homens que um dia foram fortes, mas que o sol desgastara a pele e a alma. Envelhecera depressa. À falta de escravos, empregava a crueldade na tarefa muda de cortar mato e ervas daninhas. Às vezes o encarregavam de receber visitas de pouco prestígio.

Pediu que esperassem, a patroa chegaria em breve.

Os primos entreolharam-se: "patroa" ressoou como véu branco em velório — uma palavra intrusa. Acharam estranho uma mulher de classe a andar entre a plebe no rés-do-chão.

E lá vinha ela, seguida pelas criadas de avental e lenços à cabeça. Tinha um abrigo sobre o vestido de cambraia, para disfarçar as formas. Inchou um pouco os ombros ao chegar pela porta detrás do balcão, ganhando ares de autoridade. Explicou-se: o marido estava muito atarefado na biblioteca resolvendo uma petição importantíssima, como é próprio dos homens de lei. Ela é quem teria de tratar com eles.

Mas não lhes falou diretamente: para manter a seriedade, dizia primeiro ao capataz, que por sua vez repassava a informação aos homens, em geral encurtando o fio, e já pela quinta frase, apenas curvava as sobrancelhas para eles, ao modo de "É isso. Então?".

Mãe quis primeiro saber onde estava o mestre de obras, ao que se seguiu uma explicação truncada dos descaminhos que os levaram, os primos, àquele fundão.

— Começamos mal — mãe disse.

O capataz repetiu: — Mal.

Os primos, agora em pé e segurando os chapéus de palha em sinal de reverência, não sabiam se olhar ao encarregado ou à senhora. Diante daqueles desconhecidos, ela terminava as frases dizendo "... segundo a vontade do Senhor meu marido" — ao que eles concordaram com a voz alta, mas não uníssona. A vontade do marido teria sido encontrar o ponto do qual rompiam as infiltrações nas paredes. E estancá-lo.

— O epicentro — mãe fez questão de ressaltar a palavra. Foi o marido que lhe ensinou, por ocasião de uma conversa sobre o terremoto de Lisboa.

Os primos entreolharam-se. O mais velho perguntou se o Senhor Seu marido sabia onde estava o "elicentro".

Mãe respondeu ao capataz. Se soubesse, não os teria chamado. O capataz se voltou aos homens e chacoalhou os ombros, a cabeça, as sobrancelhas. Depois falou.

Os primos voltaram a se entreolhar. Trocaram algumas impressões em monossílabos. O mais velho perguntou se a parede era de taipa ou adobe. Ninguém sabia. Pediu licença, afastou o caixote onde antes se sentara e deu socos na parede, com o punho. Voltou-se ao mais novo:

— É de pilão. Ou taipa de mão.

O outro concordou.

O mais velho percorreu as paredes com os dedos grossos, estendendo o braço por trás de um armário; depois o olhar alcançou o teto. Disse duas frases ao primo. Pediu à senhora para ver outros cômodos, se fosse possível. Aquele estava atulhado de móveis e dificultava o acesso às paredes. Saiu com o capataz para as alcovas vizinhas. O primo mais novo ficou, e para não cruzar o olhar com o da patroa, abaixou a cabeça.

O outro voltou dizendo que sim, as paredes estavam bastante velhas. Mas o "ebicento" mesmo, ainda não encontrara.

— Questão de procurar — logo completou. Precisariam de muitos homens: o solar era grande e antigo. Perguntou o tempo que dispunha para o conserto. Assustou-se com a resposta: um mês era pouco. Precisariam de um batalhão. Havia mais alguma coisa que o senhor marido gostasse?

Mãe hesitou. Entraram-lhe ganas de aumentar o alpendre para descansar melhor na rede. Quando fizesse uma pequena brisa, no outono tropical em que uma brisa, pelo contraste, é celebrada com entusiasmo, ficaria com o xale enrolado às costas. Mandaria as criadas trazerem a peça de seda do armário. "Com a ponta dos dedos, para não amassar", diria. Mas teve pudor, e ficou quieta diante de necessidades mais urgentes.

— Uma demão de tinta nova na capela interior não estaria mal... — disse, por fim. De todo modo, seria o último a fazer. A reforma começaria pelo rés-do-chão para não incomodar a família.

O mais velho coçou a testa. Perguntou se era só isso, e quando podiam começar.

Mãe agradeceu, desconfiada das pessoas que perguntam demais por saberem de menos, virou-se para o mais novo dos primos, até então mudo, e disse:

— Contratado.

Que ele arranjasse os homens de que precisasse. Daria casa e comida. O pagamento viria aos poucos. Se o serviço ficasse bem-feito. Antes de deixar o recinto, ela ainda falou:

— E traga alguns dos seus para plantar nesses campos qualquer coisa que preste ao estômago. Vamos precisar.

Segundo a vontade de Seu marido.

CAPÍTULO 8

Pai apontou no caderno: "Hoje tive uma grande ideia".

Antes de descrevê-la, ele completou o ritual matutino. Colocou luvas, calçou sapatos, vestiu a sobrecasaca de merino preto. O relógio de bolso ficou com a corrente exposta sobre o colete. Não era barão, nem visconde. Justificava-se: "Para o caso de alguma visita". Garantiu que um viajante estrangeiro jamais lhe surpreenderia com roupão de chita da Índia. Mas visitas assim, de idiomas ilustres, embora carentes de termos para descrever as árvores dos trópicos — essas deixaram de vir. Também as nativas, de bengala ou chapéus adornados com penas de pássaro, e talvez um livro em francês à mão, para presentear. Sobraram as outras, magras e doentes. Vez ou outra tocavam à porta para mendigar esmolas. Pensavam que o homem que ouviam declamar textos em voz alta tinha manias de lorde.

— Campônios — dizia mãe, fechando a cortina.

As criadas, escondidas, davam-lhes milho e mandioca.

Pai colocou o caderno debaixo do braço, atravessou oito alcovas e chegou à escada.

O casarão era uma sobreposição de quadrados: o edifício principal estendia-se por quarenta pés de frente, um alpendre aberto na porta principal e doze janelas de ângulos retos na fachada. O preço alto do vidro, trazido do litoral, impedia recompor aquelas quebradas. Por isso muitas ficavam abertas durante o dia, cobertas apenas pelas cortinas e, à noite, eram fechadas com aldrabas. Acoplados ao fundo do prédio somavam-se dois pavilhões menores, cada um em uma das extremidades laterais. Atrás da construção em U havia um pátio externo, onde os escravos outrora faziam fila para rezar antes do trabalho. O sobrado contava trinta e dois aposentos quadriculares. Em cima do telhado de quatro águas erguia-se ainda um último cômodo. Tinha janela pequena e, por isso, vistas estreitas, à maneira de uma guarita que espiasse com um só olho o avanço dos inimigos. Ali fundou pai a biblioteca de doze mil tomos.

Ele subiu pela escada. Sendo uma escada dupla de lances opostos, desenvolvera ao longo dos anos um particular costume, e era que subia sempre pela escada esquerda e descia pela direita, em sentido rigidamente horário. No seu refúgio, colocou o caderno sobre a mesa. Estirou os braços, alongou o pescoço, estalou os dedos. Sentou-se. Serviu-se água fresca da jarra de vidro matizado. Abriu a gaveta de mogno, retirou a caixa forrada de veludo carmesim, abriu o estojo de pano dentro da caixa. Pegou o termômetro. Afastou a cadeira, foi à janela e, com algum esforço, ajustou-se ao pequeno buraco, estendendo a mão para fora. Voltou a sentar-se, anotou depressa a temperatura em outro caderno, de capa azul: vinte e dois graus Celsius. Amena, amena! Era um dia promissor.

Abriu a Tábua das Virtudes no caderno de capa laranja. Tratava-se exatamente disso: uma tabela desenhada com régua de madeira de vinte centímetros, dividida entre os dias da semana, os quais correspondiam às sete virtudes do romano Prudêncio de Tarraconense.

Assinalou a palavra castidade. Hoje ela seria sua conselheira.

Enquanto relia as últimas passagens do caderno de capa preta, pai fazia algumas pausas. Para pensar, bocejar, ou simplesmente ajeitar-se melhor no encosto da cadeira Luís XV. Perambulou com os olhos ao redor: era bonito ver os livros enfileirados nas estantes. O paralelismo das prateleiras realçava a verticalidade dos tomos. Sobretudo, fascinava-o o ângulo reto formado no encontro das paredes que sobressaíam no pequeno espaço livre acima das estantes. A geometria, pensou, era uma ciência perfeita.

Quem mandou levantar as paredes e construir o casarão foi um dos ancestrais da família da mulher. Como se alguém que tentasse escapar de uma catástrofe e, com tamanho juramento, se pusesse a fabricar uma ribanceira quadriculada nas aforas da cidade. Fato é que, à época, tampouco existia cidade, o vale era um lençol verde onde homens assentavam reinos particulares. Conforme famílias vindas do porto, da capital e do sul de Minas desbastaram a mata para semear cana e café, os campos encheram-se de casas em cujas janelas as pessoas vigiavam o tempo morrer.

Na encosta daqueles morros tudo se via de cima, o olhar no ângulo das coisas que afundam. Por causa do declínio do terreno, diziam. A casa, afinal, foi levantada sobre um platô elevado, para controlar as áreas de trabalho. Desde o início foi assim: objetos e pessoas a desabar. Velhos eram amarrados às camas à noite para não caírem durante o sono e quebrarem os ossos; e os livros, dispostos nas bordas das prateleiras, ostentavam lombadas amassadas de tanto despencarem pelo peso da gravidade. Despencavam não somente na biblioteca, mas das outras estantes que, não cabendo no cômodo mais alto da casa, foram deslocadas para outros aposentos. Abertas as páginas, Aparecida, de meias, ia escondida espreitar as figuras. Alguns homens tinham a cabeleira comprida e branca, com cachos nas pontas, pareciam mulheres. Outros, um pouco calvos, de testa larga e bigodes, lembravam pai. Mas nenhum deles usava seu típico monóculo. Quando por fim encontrou o retrato do matemático Bernhard Rienman, sem saber ler e apesar de a imagem trazer um homem de óculos, e não monóculo, concluiu que pai era realmente importante. Não sabia, no entanto, que pai não era matemático e nunca havia posto os pés no Reino de Hannover.

Mas bem poderia ter sido: não lhe faltariam livros nem teorias. As de Pitágoras, Euclides e Laplace. Fazia as contas de cabeça, apesar de manter o registro em cadernos. Além disso, o costume de enumerar os pontos relevantes da fala com a bengala, se não lograva guiar as pessoas, ao menos lhe diferenciava delas. Também as ações eram enumeradas: primeiro, ouve o trovão; depois, olha para fora: vê a chuva espirrar no peitoril da janela: não há problema, é somente um peitoril, é somente uma janela estreita. Mas quando a chuva engrossa e se embrenha pelo buraco, atingindo alguma pilha de livros e manuscritos da biblioteca, pai levanta da cadeira, um pouco molesto, afinal não há outro remédio e, com um bocejo de aborrecimento, apoia-se sobre o parapeito para fechar as venezianas que balançam com o vento.

Apesar da inclinação matemática, no entanto, pai preferia ser chamado de humanista, monarquista e católico. Durante os cinco anos que se seguiram à República, escreveu sob pseudônimos greco-romanos cartas ao governista *Le pays republique*: em frases labirínticas, insultou os quartéis, a Constituinte, o desrespeito aos santos e aos cemitérios, o federalismo. Nunca foram publicadas. Continuou as escrevendo e enviando mesmo depois de o jornal sair de circulação.

— Dia desses vem a Guarda Nacional botar fogo à casa — praguejava mãe.

Ele não arrefeceu às injúrias, mas deslocou o retrato a óleo do Senhor Rei D. Pedro II do salão principal para a biblioteca. Conforme as prateleiras tomaram os últimos vãos livres da biblioteca, moveu o quadro novamente ao primeiro andar, mas desta vez para uma alcova afastada. Os republicanos eram desbocados e deles dizia-se que apareciam sem avisar.

Quando pai completou duas centenas de cartas, decidiu fazer delas uma obra em defesa da monarquia. Intitulou-a *Cartas à Nação*. Por absurdo que fosse, sem haver guardado cópias das epístolas, apenas seu número, aplicou-se em reescrever o livro desde o início. Começou "por onde um livro começa": o prólogo, saudando as qualidades do último imperador: inteligência, generosidade, sabedoria. À filha Isabel, pensava, faltara juízo ao assinar uma lei de três linhas que libertaria os escravos e arruinaria o país. Mas a conjunção de índoles díspares na mesma família devia à ala feminina, refém a um só tempo dos humores obsessivos de Carlota e desvairados de D. Maria I. A dinastia dos Bragança, no que tocava à parte masculina, dera bons frutos.

A grande obra adentrava o sexto prólogo quando pai encontrou informação de grande relevância: o rei também traduzia árabe, o que denotava que o manto de sua inteligência e generosidade abarcava inclusive a língua dos mouros que invadiram Portugal. Afinal, é preciso conhecer a língua dos inimigos para vencê-los. Calculou: a nova ideia lhe renderia mais onze páginas no caderno de capa vermelha, o de rascunhos, escritas ao longo de dezesseis dias e sete virtudes, algumas delas repetidas duas vezes. Depois levaria mais vinte e dois dias para a revisão, porque rever é sempre mais demorado que escrever, dizia, e, finalmente, quando achasse que era hora, mais trinta dias para a transposição ao caderno de capa preta, onde ficavam os textos definitivos. Porque transpor textos definitivos é mais difícil que escrever e rever, se bem que tivesse um pouco de cada, haja vista a busca incessante pelas melhores construções sintáticas. Portanto, e desde que a temperatura seguisse amena, sessenta e oito dias, 2,3 ciclos lunares e quarenta e sete parágrafos após a primeira frase, a ideia estaria pronta para ser lida em voz alta no alpendre.

— Um feito e tanto — concluiu.

Animado, pôs-se enfim a escrever.

O desgosto com a República fez pai dedicar-se com menos afinco à lei que às Letras, e estas por sua vez agravaram a contrariedade em relação ao país. Aos poucos deixou de acudir às vilas dos clientes que o contratavam para casos de inventário. "Republicanos", justificava-se. Mas a virada política não foi de todo ruim: as viagens e o trabalho extraíam demasiado tempo à escrita. Sobraram-lhe cinco clientes, um diploma de Direito e uma conta na Caixa Econômica, a render seis por cento ao ano. Daí que, ao antecipar a viagem ao notário, nem bem chegado ao parágrafo quarto da sua mais recente grande ideia, por temer que a conversa da mulher sobre a reforma ganhara contornos sérios e ele precisava logo avaliar o capital de que dispunha, pai ficou de mau-humor.

Antes de sair de casa, assinalou a virtude "paciência".

CAPÍTULO 9

A Semana Santa acabara de passar, e a família a celebrou em casa, comendo peixe salgado. Quando acabou o peixe, comeram ovos mexidos. Surpresa mesmo foi o ovo dourado com um laço vermelho para a menina. Mas ela não devia guardá-lo por muito tempo, mãe disse que apodrecia.

— Que pena — disse Aparecida.

Da outra ponta da mesa, pai prometeu um dia voltar à vila: estiveram na procissão havia dois anos.

— Aquilo teve um teor de indubitável beleza... — ele disse, limpando a boca no guardanapo.

Foi a primeira vez que a menina vira imensidão de gente. Puxava a casaca de pai para lhe mostrar as pessoas novas ao redor, tamanha era sua felicidade. A ideia veio de mãe: promessa para salvar os pulmões da avó. Esta ficou em casa com as criadas, e por isso mãe reclamou do vagar das pessoas, naquele passo não terminariam nunca. Era melhor regressarem.

— As pretas já terão se apossado da casa — repetia.

Aparecida passou o caminho a pedir colo, queria ser grande como um boi para ver da altura de onde viam os bois e os adultos. Naquele tempo a menina era ainda menor, enxergava tudo desde baixo, em ângulo agudo: as saias pretas das mulheres, as bolsas que tropeçavam em bengalas, as pernas-cipós de uns confundidas às de outros, e o tapete de flores no centro, dividindo as duas fileiras de gente. Era um tapete que não acabava nunca. Abaixou-se, tentou recolher uma pétala para si, mas pisaram-lhe os dedos. Mãe a puxou para cima com força. Segura a minha mão, mãe lhe dizia, não vá soltar. A menina chorava, os dedos moídos de dor. E todos seguiam, entoando rezas.

Pai levantou uma tocha, Aparecida nunca o vira tão valente. Parecia um cavaleiro. Mãe guardou distância: não fosse ser que lhe queimassem os cabelos. Preferiu carregar somente o terço da divina misericórdia. Mas o coro de aleluia atrapalhava suas rezas, às vezes soltava a mão da menina para tapar os ouvidos e escutar a si mesma. Também reclamou do cheiro das pessoas, o certo era construírem na rua um balcão alto para as famílias de posses, como nas antigas capelas.

A menina pedia colo, eu quando crescer serei grande, pensou. Como uma árvore. Uma mangueira de cotovelos esticados. Então negaria o colo aos outros, deixaria subir apenas formigas, esquilos e bem-te-vis. Quando por fim pai a ergueu nos braços, Aparecida avistou o que desconhecia: imensos sóis de fogo peregrinando sobre o emaranhado de cabeças, desequilibrados pelo vento. Ao fundo, uma cruz de madeira espetava o céu.

— Mas em Portugal havia mais solenidade — pai completou, pousando o guardanapo na mesa e invadindo a memória da filha. — Lá falavam latim.

A menina não sabia o que era solenidade.

Foi por isso que, quando os novos trabalhadores se aproximaram do sobrado, deixando de se parecer a formigas, a menina inflou o peito desde a janela, contente. Vistos de cima, estava claro: só podia ser uma procissão.

Examinou todos os detalhes: alguns homens em mulas, a maioria a pé, traziam trouxas às costas. Nenhuma mulher entre eles. Conforme aportaram no terreiro, foram se apinhando em posições de descanso. Os paus empunhados certamente serviriam de tochas que a noite trataria de acender. Por que não cantavam, os fiéis? Por que sem rezas? Suas vozes eram altas, sim, mas pareciam brigar. A cruz não se via, talvez estivesse guardada com o homem que vinha à frente, sacudindo os braços.

O capataz foi ter com eles.

Mãe assomou. Então chegaram? Quanta demora! Sentados, veja só o tamanho da preguiça.

Com sandálias partidas, as golas das camisetas repuxadas pelas brigas e pelo tempo, os homens foram se instalando na antiga senzala, do outro lado do terreiro, perto do pomar. A maioria era negra, mas também havia alguns poucos brancos. Mãe os queria na fazenda porque, apesar de lhes ter raiva — o costume de culpá-los por todas as mazelas — não havia mais ninguém: eram eles os últimos remanescentes dos cafezais.

O jovem mestre foi à frente, abrindo alas, e a cada vez que se dirigia aos seus o fazia em nome do "Senhor Seu Marido, o patrão".

Aparecida desceu e juntou-se à procissão no terreiro. Ficou menor, o pescoço para cima a explorar rostos alheios. Os fiéis passaram sem dar por ela. Gostou deles. Apesar de não andarem mais em fila, eram muitos e falantes. Não viu saias, nem bolsas, nem bengalas. Seguiu pás e enxadas. Deu com um tipo que andava para trás carregando uma tábua, na outra ponta seu parceiro. Tropeçou nela. Ele olhou para baixo. Quem era ela? A menina teve vergonha e se escondeu detrás de outras tábuas apoiadas no muro.

— A senhora está chamando — falou Nanan, vindo por trás. Pegou na mão da menina e foram para dentro.

Aparecida passou o resto do dia entre uma janela e outra, acompanhando de longe o movimento dos homens. Quando a noite caiu, eles desapareceram: a procissão se havia desfeito antes de acenderem as tochas.

CAPÍTULO 10

Santificado seja o vosso nome.

Aparecida repete.

Mãe, sentada na beirada da cama, assente com a cabeça. Além de ensinar preces à filha, ela lhe fala de histórias — de aqui e de acolá.

Diz que em Portugal foram valentes, mais valentes que os espanhóis, porque nenhum outro povo lutou contra um terremoto. Pouca coisa a senhora sabia de História Geral, além do tremor de 1755 e de que D. Maria I estava louca; sobre o Brasil, bastava-lhe saber que sempre foi domínio da febre amarela. Pai, se ouvisse, teria de intervir para acertar um ou outro detalhe, por rigor etimológico: *yellow fever*, segundo Griffith Hughes.

Mais uma vez: *Santificado seja o vosso nome.*

Aparecida ouve as histórias enquanto repete as preces, aos pedaços. Com frequência lhe ocorre misturá-las na ordem incorreta, daí que do ventre de Pai Nosso nascesse o bendito Jesus. Mãe irrita-se e lhe aplica longos sermões. Mas com a vela apagada não se dá conta — Aparecida já dorme.

CAPÍTULO II

Logo de manhã a menina escalou a mangueira. Balançou-se, chacoalhando a copa e derrubando as folhas. Também queria ter grandes brincos nas orelhas, como aqueles galhos. Os brincos, além disso, mudavam de cor: às vezes verdes, depois amarelos e finalmente meio vermelhos. Enormes. Deliciosos. Ainda era outono, haveria de esperar pelo verão para que a árvore pusesse seus brincos mais coloridos.

Mãe veio ao alpendre, avistou a filha:

— É terrível, parece uma galinha empoleirada.

Depois entrou. Não gritou para a menina descer nem mandou as amas buscá-la. Quando soou o barulho de gente a falar, Aparecida arrancou algumas folhas, as colocou no bolso e desceu. Foi ao terreiro. Alegria: lá estavam eles, de novo. Os homens seguiam em procissão.

Acercou-se.

Em sacos às costas ou dentro de toscos carrinhos de madeira, os homens levaram os entulhos que os anos e a preguiça acumularam nas celas de quatro pés da senzala, ligadas detrás por um terraço apinhado de galinhas. Entraram no paiol e outros armazéns que se estendiam por centenas de metros, no limite das cercas. A menina ia detrás deles. Os braços dos homens eram de madeira forte e úmida. Voltavam segurando ferramentas, e Aparecida pensou serem grandes colheres e paus. Estranhou as colheres; já os cajados, achou-os perfeitos para construir a cruz.

Quis fazer parte. Começou sua tarefa: circulou pelo pomar, pelo jardim abandonado, pelo matagal. A cada flor, se abaixava atenta e, se não havia abelhas, a recolhia. Algumas flores eram amarelas, outras brancas. Muito mais bonitas que nos livros. As páginas dos livros que pai insistia para ela ler traziam tantos desenhos da flora brasileira que era impossível encontrar a espécie, gênero e família corretos: ou se pareciam demais umas às outras, ou eram demasiado diferentes ao exemplar que, à mostra na mão em concha, a menina tentava comparar. Além disso, as dos livros vinham quase sempre em preto e branco. Pai apontava e dizia: *Diadelphia Decandria, Monandra Monogynia.*

De volta ao terreno com os bolsos cheios de flores, agachou-se, afastou com as mãos pequenas a sujeira do chão de terra, como quem ajeita a cama antes de dormir. Deitou as flores. Não eram muitas. Nos bolsos pareciam mais, a saia estufada dos lados. Uma pena.

Havia quatro cores. Buscou mais. Na quarta viagem misturou folhas secas, galhos, pedras e terra para fazer volume — e desabrochou, à sua frente, a primeira faixa do tapete da procissão.

Os homens iam e vinham dos galpões, contando as ferramentas e comprovando seu estado. Depois de as trazer e as medir, elas ficavam reclinadas junto ao muro baixo que divisava o entorno do terreno. A enorme quantidade de pás, enxadas e picaretas que se acumulou umas sobre as outras — e incluindo os instrumentos que, à falta de número suficiente, seriam manufaturados pelos próprios homens — todos eles ficariam à mercê do mofo quando a reforma fosse suspensa, mas contra isso mãe não se precaveu.

Ficou dentro de casa, fingindo entreter-se em infusões à avó e em bordados, para dar às suas ordens maior seriedade. Falava ao capataz, que falava ao mestre de obras, que falava aos seus homens — e pelo caminho as palavras arranjavam-se em sentido inverso. Ao cabo de algumas ordens, exasperada, mandou vir diretamente o chefe de obras, e assim passou a fazer a cada quarto de hora. Precisavam começar a lixar as paredes atrás da infiltração. Estava tudo preparado?

— Quase, senhora.

O moço tinha a voz quebrada, devia ser a garganta que não suportava a altura do corpo. No início agradou à senhora, pois falava pouco. Logo mãe enervou-se: falava pouco demais.

Cansada de esperar, ela foi atrás de uma janela: lá estavam eles, amontoados. Em desordem. Alguns demoravam-se com paus à mão, outros despendiam longos movimentos para agachar. Preguiça. De repente achou que eram muitos. Chamou de novo o chefe de obras. Que dispensasse a metade. Precisou convencê-lo durante vários dias: ele dizendo que era precipitado, ela defendendo ter o poder da última palavra; ele insistindo que o solar era grande demais para tão poucos homens, ela, que mais valia um homem esforçado que uma dúzia de ociosos.

O homem, a contragosto, convocou todos para o terreno, onde a cada dia a menina alongava mais a barra do tapete. Dividiu os empregados em dois montes: um homem para lá, outro para cá, em uma confusão de passos. Tal se despetalasse uma margarida. De tanto lhe arrancar as pétalas, sobrou a corola: Aparecida. Ali ficou, sem que ninguém se desse conta. A menina mantém-se quieta e despercebida. Seus ombros estão um pouco arqueados para frente, as mãos unidas junto à roda da saia. Enfim, ela se abaixa triste e recolhe as flores esmagadas no chão: o tapete fora todo pisoteado.

Pelo final da tarde, os dez homens que sobraram se recolheram à senzala. Os outros, depois de receberem o pagamento que não pareceu agradá-los, debandaram pela porteira, levando as camisas em farrapos penduradas nos ombros.

Aparecida seguiu imóvel no meio do círculo desfeito, entre árvores e terra, até escurecer. Nenhuma tocha se acendeu: era, enfim, mais uma noite como as outras.

Então pediu à primeira estrela para que os peregrinos nunca fossem embora.

CAPÍTULO 12

— É para lá o futuro. A senhora não vê? — insiste a comadre à baronesa.

Não, não via. O tempo descolore os olhos. Apenas os campos ela via, ela os vê, o outrora, veja, é a eterna alvorada, e de repente a noite.

O primeiro a deixar o vale foi o dono da fazenda Sete Paus. Um Neves. Manteve-se ereto, mas o rosto escondido na sombra do chapéu. Se fosse mulher: o xale de flores em volta da cabeça, um leque à frente ou as próprias mãos nas luvas tapando a fisionomia. Os filhos foram atrás. Terão saído em fila indiana nas carroças, levando caixas e baús cheios de roupas e prataria, amarrados com cordas e cobertos por lonas de algodão.

— A senhora tinha de ver, parecia um batalhão — diz a comadre.

A baronesa sabe bem das intenções da comadre. Das últimas vezes, a comadre veio opinar sobre a partida dos outros: "Vai ver estão indo embora". Falou como se de ouvidos: "É tudo o que sei". Era tudo, mas havia mais. A comadre não calava, e a cada visita, a cada xícara de café ou biscoito de polvilho, um novo pormenor. Ao cabo de três meses, dera todos os detalhes. Foram as pretas que descobriram, insistia, as pretas, ao comprarem açúcar nos Barbosa, foram elas, disse, e veja a ironia, nós que tínhamos todo aquele engenho, agora compramos açúcar dos outros, a comadre continuava, então as pretas voltaram dizendo da fazenda sem nenhum preto, do capim alto, disse ela, todos a esvaziar a ferrugem dos moinhos, a escavar as últimas sementes de café no sol.

— As pretas não disseram mais nada? — perguntara a baronesa.

A comadre balançou a cabeça. Não sabia mais. Se soubesse, diria.

— Nem se alguém vai retomar o cultivo dos Barbosa?

— Não. É tudo o que sei — arrematara na altura a comadre.

À época, a baronesa então notou, pelo modo como a comadre falou e os olhos de soslaio, que fora ela mesma, a comadre, quem devia ter ido aos Barbosa cochichar o porquê dos móveis todos alinhados em fila, um pelotão de cadeiras em posição de sentido, o barão dizendo "o futuro"; a comadre, portanto, terá regressado ali outro dia, insistindo acerca dos papéis em volta da mesa, e assinaturas, o barão dizendo "o futuro", e tinteiros derrubados com o cotovelo pela pressa, por que fechar as cortinas?, ela decerto terá perguntado, deixem as janelas abertas ou abram ao menos as cortinas, ao menos. O futuro.

Então a comadre pensava que iriam primeiro os Barbosa. Foram-se os Neves.

— É uma questão de tempo — responde a comadre.

No momento seguinte, ela já descreve à baronesa os preços do hectare no planalto, da cabeça de um trabalhador, das arrobas de café que se podiam produzir. O melhor era se apressarem.

Ao alpendre chega o pajem com a jarra de suco de manga, os biscoitos e os copos.

"Ela não aguentará cruzar o vale, vai despencar", pensa a baronesa. Então lembra da festa, da última festa que houve no casarão, os convidados naquele mesmo alpendre, brindando em voz alta. Excesso de pompa é sintoma de falta. A baronesa tem medo, ela tem medo de despencar antes da comadre.

A comadre está com sede. Bebe.

— Criar mais uma criança aqui? — pergunta. Dá mais um gole. Aperta os lábios e depois prossegue: — Ainda pior, sem pai...

A baronesa nada responde. Tudo quanto tivesse a dizer estava dito. Quer se levantar e desaparecer dentro do casarão, mas não pode. Sentada no alpendre, o mal-estar é menor. Já não lhe cabia o espartilho, o ventre havia tomado todo o espaço das roupas. Bebe um gole do suco doce, umedece a nuca com um pouco de água.

Ainda ouviria dizerem "se acabou", as próprias filhas fazendo as malas, crescidas de corpo e cabelos, a roupa dobrada às pressas, todas fugindo do vale, mais uma década e tudo estaria vazio. A mão da baronesa sobre os ombros delas todas, a pedir que ficassem. O cansaço lhe entorpeceria a voz, a vista, a vastidão do corpo. Talvez que as rugas das pessoas que ficam sejam maiores. Sobraria a caçula, que agora ela trazia no ventre.

Quando por fim resolvesse fugir, a baronesa já não teria forças para cruzar o vale, apegada demais ao absurdo que era a vida, ali.

Acompanha em silêncio a comadre, com a barra do vestido suja de terra, se cansar e apontar no céu os pássaros em debandada. Deviam ser seis horas, a mulher diz. A baronesa finge não ver a boneca de pano que a comadre agora retira da bolsa e, antes de partir, lhe oferece como presente para o futuro bebê. Vem-vai, as miçangas no cabelo da boneca balançam no ar. A comadre manda arrumar a carroça, hora tarde. Deixa o presente sem embrulho sobre a mesinha de madeira do alpendre, e, enfim, se despede: partiria com a família no mês seguinte. Para longe, para o oeste. Era 1876.

CAPÍTULO 13

Graças à proficiência na leitura dos mais variados tomos, de Geologia à Química e à Astronomia, foi pai quem descobriu, antes da visita do médico, a doença da avó.

— Tuberculose — disse, sucinto, abalando pela porta da sala com uma caderneta à mão e uma enciclopédia aberta no outro braço. De tão absorto, sequer dispersou as moscas que em dias quentes faziam-lhe cócegas no bigode.

A mulher, sentada junto à janela, continuou a coser uma toalha de algodão.

Pai não se conteve. Levava semanas a inspecionar a sogra tossir às refeições, dizendo se engasgar com a comida. Ele, recém-casado e a habitar o casarão da sogra, não podia reclamar. Nem sequer pedir que a baronesa usasse guardanapos.

Mãe culpou a cozinheira: os pedaços graúdos de legumes, além de causar engasgos, também geravam indigestão. Começaram a servir polenta e sopas de couve. As tosses, porém, não melhoraram. A velha passou a recolher-se mais cedo ao quarto, e houve dias em que, alegando forte gripe, não se levantou da cama. A suspeita da doença atiçou o genro, mas ele não convenceu a mulher: entre uma tosse e outra, a velha comia — abóbora, cebolas, manjericão — e quem come, não morre.

Pai, à maneira de um garçom que convence o cliente da excelência dos pratos da casa, começou a descrever os detalhes de sua tese à esposa: tosses carregadas de muco, perda considerável e involuntária de peso, suor constrangedor durante a noite. Ponderou, contudo, não haver ainda verificado sangue, sintoma decisivo, mas era provável que viesse à tona nos próximos dias.

Quando pai chegou aos detalhes finais da enfermidade, mãe foi curvando-se à frente, já visivelmente abalada. À última consideração — "a doença, de tipo contagioso, pode ficar adormecida durante anos" —, a mulher não teve mais nada a fazer: caindo de joelhos e com os panos entre as mãos, chorou.

O sangue seria descoberto passadas semanas, junto da febre; a doença se arrastaria por longas chuvas, dando uma fisionomia bolorenta aos móveis e à casa, e reduzindo a velha a um montículo de galhos secos. Antes de entrar no quarto do pavilhão esquerdo, que seria seu retiro a partir de então, a velha teria dito à filha: "— Quando vier, e se for menina, chamai-a Aparecida".

CAPÍTULO 14

Quando Aparecida, a derradeira, nasceu, muitos anos depois, todas as janelas estavam fechadas. Foram abertas após sete dias, para evitar a entrada dos urubus-de-cabeça-preta. Naqueles tempos pensava-se que crianças estavam mais perto da morte, de tão perto da vida. Mãe havia perdido um filho antes: nasceu morto e foi enterrado com coroa de flores. Depois da menina, e pese as promessas à santa da fertilidade, não pôde ter outras crianças. Assim, a casa acabou ocupada mais por coisas mortas que por gente.

O padre, ao chegar, foi recebido por uma das criadas, que foi buscá-lo à carroça. Era dia de chuva. Ele estava acompanhado do sacristão, um jovem ruivo e de sardas por todo o corpo, como um quadro de Seurat. O sacristão trazia na maleta, além de todo o material de batismo, as usuais balas de menta para o padre. Este tinha o costume de mastigá-las antes dos atos, refrescando a garganta. Tinha também outros costumes, como o de contar os degraus conforme os deixava para trás. Ao menor erro, voltou a subir do início. Fez e refez: — São dezessete, não há modo de memorizá-los — se queixou, ao esbarrar no último degrau. Dirigiu-se ao saguão, onde pai, em fino traje comprado para o nascimento da filha, o aguardava. A água da chuva vazou pelos cantos dos sapatos do padre e deixou marcas atrás de si. Cumprimentaram-se.

Foram ao quarto.

Mãe levava quinze dias prostrada na cama. Cansaço.

— Parir é como expulsar o fígado e os pulmões — disse. Apontou à menina ao lado, no berço, enrolada em panos brancos: — Não chorou nem quando lhe palmaram as costas.

Em frente ao bebê, o padre sorriu e estalou os dedos. Bateu palmas. Juntou os polegares e balançou as mãos, imitando um pássaro. Nada. Pegou uma cabaça ao lado do berço e a chacoalhou. A menina não se mexia. Restava ainda a imersão, ele pensou. Pai, com a Bíblia entre as mãos, reforçou os agradecimentos e justificou ser melhor, dadas as circunstâncias, não aguardar mais para o batismo da filha. O padre concordou.

Mãe lamentava-se, encostada no travesseiro: — Essa criança não virá mais, pensei. Tanta demora. Veja, tenho já uma certa idade.

As três criadas levaram-na à capela interior que se abria atrás de uma porta de quatro folhas, ao lado do salão principal. Os homens vieram atrás. Mãe se sentou em uma cadeira estofada na capela, as pernas à frente, esticadas sobre um apoiador para pés, os braços moles caídos para os lados. A ama de leite trouxe a recém-nascida no colo. Entregou-a ao pai. Ele, não tendo muito jeito para coisas miúdas, segurou-a o tempo necessário para temer derrubá-la, e a devolveu.

Enquanto o sacristão preparava o ambiente, abrindo as cortinas e as janelas, o padre levou uma bala ao céu da boca. Além de combater resfriados, a menta ardia-lhe da garganta às narinas e lhe refrescava nos dias chuvosos de dezembro. Amassou o embrulho, deixando soar o ruído do papel, e voltou-se à recém-nascida. Nada, o bebê seguia imóvel. Para acalmar a mãe, o padre contou que crianças silenciosas costumam ser mais imaginativas, capazes de mover montanhas com a fantasia. Era o que diziam de todos os poetas românticos, pai acrescentou, ao que o padre respondeu: — Além disso, dão menos trabalho.

O padre fez o sinal da cruz sobre a criança. Depois proclamou as palavras de Deus, sendo escutado em todos os rincões da capela. Rezou. Em frente à pequena estátua de Nossa Senhora Aparecida, a pia de pedra estava repleta. O padre se acercou, segurando a concha de prata de lei cinzelada, a encheu de água benta. Ao lado, as criadas haviam despido a criança dos panos em volta do corpo estático. O sacristão veio em auxílio: tomando a menina pelos braços, a mostrou ao padre. O velho homem pronunciou o nome em voz alta, conforme escolheu a mãe da mãe muitos anos antes de seu nascimento, e conforme já haviam escolhido antes delas todas as outras mães da família, despejou a água da concha sobre a cabeça da criança.

O choro pôde ser ouvido em todos os cômodos da casa.

— Se da água tens medo, saibas que o dilúvio de Noé não foi a desgraça, mas a salvação — completou.

Todos bradaram Pai Nosso e Glórias ao Pai, entre sorrisos e abraços.

Antes de sair, o padre recomendou cantarem à criança durante as manhãs, ao pé do ouvido, para ela não perder o ânimo. Mãe, erguendo mais um pouco a cabeça, reclamou da péssima voz para o canto. Mas podia lhe ensinar preces. Perguntou ao padre se enfim tudo estava bem, e se agora ela podia descansar. Ele não a escutou: já se havia entranhado nos infinitos aposentos que desembocariam na porteira. Levaram a menina de volta ao quarto.

A avó entrou, lenta, por trás de uma pilastra. Ninguém a notou. Arrastando a sandália e a barra do roupão, foi até a criança, que esperneava no berço, e espiou os olhos:

— São negros. Como os meus.

CAPÍTULO 15

Os homens começaram por se ajustar ao tamanho da casa, se espalhando pelos aposentos do rés-do-chão com verrumas, martelos e picaretas à mão. Usavam no princípio somente as primeiras, mas levavam as demais para mostrar importância.

A mãe pediu que tomassem cuidado com os móveis escondidos atrás de lençóis. Não fossem quebrá-los, nem lascá-los, nem riscá-los. Às vezes lembrava-se da seriedade de sua incumbência — então tratava com o capataz, um homem feito para as ordens, e as mais difíceis.

Agora abria espaço para Aparecida, que vinha se sentar à mesa do almoço.

A menina fechou a mão em punho para mãe não ver as unhas sujas de terra. Mãe falava de paredes e telhas. Depois mudou de assunto:

— Não vá se misturar com aqueles homens — disse. Eram sujos e traziam doenças.

Havia dito outras vezes. Vão chegar uns homens, ela dizia, para controlar essa água que entra e fura as paredes e enruga a tinta e mancha o teto e dilata a tosse e borra tudo de velhice. Mas a menina não entendia.

Aparecida escondeu as mãos debaixo da mesa, dizendo que não tinha fome. Sabia que mãe se zangaria se a visse segurar os talheres com as mãos sujas.

Nos dias que antecederam a chegada dos trabalhadores, Aparecida foi solicitada diversas vezes, no clamor geral de mãe para adequar a casa ao novo momento. A menina ficou alegre por, de repente, ser alçada a um patamar de grande importância, e passou a se considerar pronta para qualquer tarefa. Certa vez, ao entrar na casa e ouvir a voz de mãe a chamá-la, foi ter com ela. Desceu ao rés-do-chão. As serviçais arrastaram alguns móveis — roupeiros, estantes, criados-mudos — para outros aposentos, liberando espaço aos pedreiros que, como mãe advertira, começariam a reforma pelo pavimento baixo: era onde se cozinhava, se estocava farinha, café, açúcar, e onde se recebiam as visitas que vinham tratar de temas pequenos e aborrecidos.

— Aparecida, e essas mãos tão sujas, o vestido?

A filha escondeu os braços atrás das costas.

Naquele dia mãe, no entanto, preocupava-se com outro problema. Queria que a menina lhe ajudasse a tapar os objetos que restaram naquelas alcovas. Não confiava nas serviçais: sempre faziam mal as coisas, por preguiça. Aponta então uma pilha de lençóis sobre a poltrona.

A coluna é bamba e ultrapassa a altura da menina. Mãe retira um deles, abre-o e estende uma ponta à filha. Enquanto Aparecida segura um lado do lençol, mãe o ergue até cobrir o cume do cabideiro. Depois, puxando-o pelas barras ao redor do móvel, elas assentam melhor o pano, de modo a ter os lados simétricos. Cobrem a cristaleira, o armário de vinhos, o aparador. Em pouco tempo a tarefa está completa e aquela sala se torna um santuário branco.

— Toma, minha filha — diz mãe, estendendo-lhe um biscoito tirado do bolso. — Para você engordar alguns quilinhos.

A menina come. Mãe tira outro biscoito. As duas comem.

— Você tem medo de fantasma? — pergunta a menina, rindo.

A senhora olha a mobília em volta, reconhecendo a pergunta de Aparecida. Fica séria. Que a menina jamais, jamais misturasse o real com fantasias: — Para não ficar louca.

Mãe deixa o recinto e vai ter com as criadas.

A cada vez que a menina voltasse a entrar nesses aposentos, levaria um susto. Não era apenas pelos lençóis que cobriam a mobília: com o curso das obras, e apesar da parede de taipa, um pó branco de caliça se depositaria aos poucos sobre todos os objetos, no chão, nas maçanetas, amortecendo suas formas. Não queria ficar louca.

CAPÍTULO 16

Pai chegou no domingo. Cansado, mas com os olhos brilhando a boas novas:

— Sabe bem, uma voltinha à cidade — falou ao cocheiro, que mandava beijos ao cavalo. — Quero dizer, de vez em quando.

Faltava ainda uma légua até o casarão. Suspirava. Não que fosse dado a ostentações, longe disso, mas quem não gostava de um calafriozinho na região ventral ao encostar naquelas moças de peles alvas que tomavam o bonde? O cocheiro, no banco à frente, não respondia. Pai insistiu: quem é que não gostava, hein?

— Sim, sim! — o homem respondeu.

Apanhara o senhor na remota parada do trem e agora os dois voltavam na carroça tipo tílburi — nome que pai nunca admirou — encolhidos pelo frio da manhã.

O cocheiro percorria um caminho em zigue-zague, tentando escapar dos buracos e pedregulhos. Pai preferia chamar ao carro carruagem, apesar do tamanho diminuto e do mau estado. Mas era um velho tílburi.

Desalinhado e com o pescoço em busca das primeiras fatias da manhã, pai falava dos encantos da cidade. Era tudo uma euforia: aquelas mulheres de bochechas róseas e lenços de cambraia, bastava com avistar a primeira garoa para subirem no bonde, levantando as várias barras dos vestidos; um se punha a imaginar a desordem causada pelo besouro que entrasse numa dessas saias, como haveria Deus de encontrar o forro correto e apartar dele bicho tão desagradável? Depois as moças sentavam-se espremidas nos banquinhos, roçando nos braços de homens esperançosos — todos puxados por mulas que emperravam e era preciso o cocheiro açoitá-las. A cidade, disse, era cheia de... — e olhou para o alto atrás da palavra certa. Não sabia explicar.

— Essa coisa, como dizer, ora... — e levou a mão direita para o alto, em redemoinho, à caça da palavra exata.

Zangou-se. Tinha de encontrá-la. Havia substitutos para botões das camisas, por vezes para cartas de baralho — mas não para palavras.

Passaram por colinas e barrancos. O sol despertava sonolento, espreguiçando os braços alaranjados. Lá longe, um carcará solitário inaugurava o céu.

— Ora, bem... — dava-lhe raiva a troça que as palavras faziam dele. Abusavam de sua fidelidade, decerto.

De repente interrompeu seu devaneio e com a bengala cutucou às costas o cocheiro, que se virou de susto, puxando as rédeas do cavalo:

— Que desgraça, essa — disse, lançando um olhar ao redor. E completou: — A de cavalgar pelo nada.

O cocheiro aliviou-se e retomou a posição. Pai, atrás, seguia com seu lamento. Aquilo, ele pensava, era andar à deriva: não havia mais capelas, nem casas, nem pessoas para marcar o caminho de ida e volta. Tudo havia sido abandonado. Um mar — muito verde, sim, mas sempre igual, sempre deserto.

O cocheiro prosseguia.

Passaram por barrancos e colinas.

Mas mesmo o verde, retomou pai, o verde não era como antes. Via aquelas clareiras nas encostas que o fogo devastou?

O sol já estava a postos, e por ser o início do outono esquentava com alguma fadiga a capota negra do tílburi quando chegaram. Pai tirou o casaco. O cocheiro desceu primeiro, amarrou o cavalo junto a uma árvore. Ofereceu a mão para o senhor descer. Pai se apoiava nos ombros dele quando lembrou:

— Tentação!

Por fim aparecera a palavra. Repetiu alto, o corpo debruçado sobre o cocheiro. A cidade, pois, estava cheia de tentações. Quem nunca sentiu uma, umazinha, uma única? Mesmo no que tocava aos prazeres do paladar: lá dava para provar o *marshmallow* dos ingleses. Ele já ouvira falar disso, certamente — inquiriu ao criado, que permanecia mudo, com as mãos abertas ao patrão e as costas cada vez mais arcadas pelo peso.

— *Marshmallow* — pai abriu a boca lentamente, mais do que a língua inglesa exigiria, querendo abocanhar o *marsh*, depois o *ma*, e terminando em um *ow* prolongado, como se mastigasse um pedaço do doce. — Conhece, não?

— Pois sim.

Pai então completou sua descida, satisfeito.

Mal pousou os pés na terra e nas ervas daninhas, porém, o humor mudou. Foi logo enredando:

— Ai, vida boa. Daqui já não arredo o pé.

A cidade era cheia de tentações, sim, e as vitrines, as multidões, os chapéus — tantas cartolas iguais que alguém distraído podia temer estar sendo sempre roubado. Mas e os livros? Não adiantou ter levado uma porção deles — a cidade o distraíra. Desse jeito não haveria de acabar sua obra. Ainda mais não fosse porque sempre regressava com mais tomos. A cidade era uma dispersão interminável!

Pai batia com a bengala no chão, marcando a fala. Em resumo, ele disse, que essa conversa vai se perdendo pelas estribeiras, um homem que queira se dedicar às letras necessita rotina e silêncio. Nada como o aconchego de uma rede enquanto se lê Homero, e de uma boa massagem nos pés com óleo de coco babaçu. Os pés, quando um homem tira os sapatos e os confia a uma mulher, dizia pai ao cocheiro, que retirara algumas caixas da carroça e as segurava, inerte — é o paraíso. Um homem com os pés para cima é feliz. Pediria à criada que o massageasse, tomando cuidado para não apertar muito os dedos. Pegou uma sacola que o cocheiro lhe estendeu.

Aparecida veio por trás, puxou a barra do colete de pai.

— Eles chegaram, paizinho!

Pai virou-se e deixou cair a sacola. Que fazia ela ali?

A menina abaixou para recolher o saco. Sabia que trazia prendas.

— É para a mãe — disse pai, de joelhos, afastando a filha com uma das mãos, enquanto recolhia os novelos de linha dispersos pelo chão: azul, lilás, rosa. Melhor seria se a menina fosse brincar em outro lugar.

— Chegaram. Muitos, assim — Aparecida abriu os braços para os lados, depois para cima.

— Quem? — perguntou.

A menina tirou dos bolsos folhas de mangueira e limoeiro. Mostrou. Eram muitos, eles, mais do que todas aquelas folhas juntas.

Pai se preocupou.

Subiram as escadas e entraram. Ele colocou no cabide do saguão a cartola preta que usava ao visitar os clientes. Estendeu à criada o casaco e a bengala. Ficou com a sacola. O cocheiro trouxe em seguida o baú e as demais caixas. Sem disfarçar a ansiedade, pai passou logo ao salão de visitas: as paredes continuavam firmes, e também as portas. Aparecida correu para uma janela dos fundos do casarão e desapareceu. Ele passou à outra sala. Para confirmar a suspeita, deu pequenos socos na parede: tudo em ordem. Aliviado, foi se sentar na alcova onde estava o retrato do Senhor Rei D. Pedro II. Deixou a sacola de prendas sobre um aparador. Devagar, acendeu o charuto que levava na caixinha no bolso. Silêncio. Devia escrever mais rápido para acabar sua obra, pensou. Mas os prólogos eram indispensáveis e, fortes, procriavam: como uma família, como os Bragança.

Aparecida voltou e tocou à porta. Segurando a barra da saia, perguntou quanto tempo durava uma procissão.

Pai inclinou-se à filha:

— Uma noite, a de sexta-feira — disse. — Por quê?

Nada. Era apenas para saber.

A menina saía quando ele completou:

— Bem, na verdade, depende — disse, se virando mais à filha. Se era procissão de penitência, louvor ou devoção e, sobretudo, a qual santo. Se era em Semana Santa ou festa à Nossa Senhora da Agonia, Nossa Senhora da Boa Nova, Nossa Senhora dos Aflitos, Nossa Senhora da Saúde. À de Nossa Senhora da Piedade, por exemplo, levava cinco dias. Sempre em agosto. Como via, as melhores estavam, sem dúvida, em Portugal. Enfim, a qual delas a filha se referia?

A menina não soube responder, e saiu.

Pai se chateou. Afastou as pernas, se deixou cair mais na poltrona. A filha, até certo ponto, tinha talento, mas lhe faltava um pouco de... de... — a palavra escondeu-se de novo. De cultura, que seja, ele concluiu. Ou de propósito. Deviam vir com a idade. Fumou, prendendo a fumaça na boca. Como os Havanas eram bons! Aquele gosto invisível que deixavam na língua... hum. Melhor do que o gosto, de fato, era o cheiro de tabaco que anestesiava qualquer cansaço.

Suas pálpebras começaram a fechar. Semi-cerradas, viram, à frente, o retrato do rei, em borrões vermelhos e dourados. Tratava-se de uma cópia da pintura feita por Pedro Américo na abertura da Assembleia Geral do Rio de Janeiro. Vinha assinada atrás pelas iniciais de um italiano desconhecido. Pai tinha raiva por não saber se o imitador emigrara de Veneza ou Florença. Fazia muita diferença. Os de Veneza, ele dizia, eram desonestos.

Com esforço, levantou as sobrancelhas, abrindo mais os olhos. Comprara o quadro sem pensar duas vezes. Se o tivesse feito, notaria o corte torpe da cena: ficaram de fora os membros da realeza na tribuna e, abaixo, o visconde do Rio Branco e seus colegas. Mas os pintores se aproveitaram do rebuliço que foi a República para se livrar o quanto antes do passado.

A fumaça do charuto cobria os olhos de pai — e embaçava os do imperador. As pálpebras novamente pesaram. Como era possível um homem envelhecer tanto? A ponto de desbotar toda a barba, por inteiro.

O charuto apagou-se.

Pai despertou mais tarde, com os golpes que soaram no andar de baixo. Levantou-se, assustado e, ainda com a visão torta, deixou de lado o charuto. Foi atrás do ruído. Seguiu seus vestígios com faro de mau caçador, e deu à uma porta fechada. Não entrou. Ela dava acesso à escada para o rés-do-chão. Desde ali os golpes eram mais fortes e graves. Quando amainaram, vieram vozes desconhecidas. A reforma, enfim, começara, e por baixo. Buscou a palavra, que veio logo dar na sua boca: indignação.

A passos largos e com desgosto pai marchou à biblioteca, esquecendo a sacola de prendas na alcova. Trancou-se até o sino do almoço turvar seus tímpanos. Respondeu com três toques à porta.

À mesa do almoço, desenrolou o guardanapo e a muito custo — entre longas frases ligadas por advérbios de tempo, modo e dúvida — declarou outra viagem à cidade. Partiria na semana seguinte.

CAPÍTULO 17

1875.

Todos aguardavam o barão.

A escravaria se esticava na fila de duzentos palmos, projetando-se amplamente no terreiro vermelho de terra batida. Dava para ver da janela. Era ainda numerosa, mas compunha a última leva de cativos que chegaria à fazenda.

Bênção, senhor.

Ele tardava. Após o almoço com todos os convivas, saíra a passeio com o mais notável deles: o conselheiro de Estado. O barão cumpria anos e nada lhe pareceu mais justo do que convidar o conselheiro para a festa: assim lhe exibia a rica mobília em madeira de lei e, melhor, toda sua coleção de admiradores da província. Mais importante, assim conseguia apoio e influência para negociar mais empréstimos. Com o preço do café em baixa e dos escravos em alta, a pompa da fazenda começava a fraquear.

Parentes, amigos, fazendeiros com seus filhos e esposas reuniram-se no salão para o chá, depois de haverem se espalhado pelos pomares e mesas de volarete durante o dia. A eles juntou-se a dama do conselheiro, mulher ruiva e franzina — reduzido par de amostra da alta elite fluminense que, convencida pelas promessas de negócios futuros, veraneava no sobrado do barão.

Os convidados arranjavam-se com pompa: uns em poltronas e canapés forrados de damasco carmesim a fumar charutos de Havana, outros em pé, de forma a alcançar com urgência a bandeja de doces amanteigados que circulava nas palmas dos pajens. Alguns ainda travavam longas conversas sobre as safras, esquecendo suas taças no tampo de mármore da mesa de centro. Os mais jovens ansiavam pela disposição das cadeiras no jantar, à espera de que lhes fizesse um ângulo favorável aos olhos das moças.

Em outra sala, separada por uma porta de duas folhas, o padre afundou um pé na água morna de uma bacia e esticou o outro ao pajem: a massagem começava no tornozelo, descia ao calcanhar e chegava às pontas dos dedos. "Mais devagar", indicava o padre, às vezes com um espasmo brusco na perna. Queixara-se de dor após o passeio no pomar, e tiveram de trazê-lo em uma maca improvisada. No caminho disse que aquilo mais parecia sinal de provação. Somente a humildade o fazia penetrar por terras hostis com sandálias tão apertadas. Mas não podia queixar-se: os santos sofreram mais. Os joelhos, São Tiago os tinha calejados de rezar.

Depois trocou o pé e pediu biscoitos, enquanto o pajem lhe massageava.

Um ou outro conviva, aquecido por certos licores, brindava no salão de visitas:

— À esposa do barão, que ele há de chegar em breve!

Todos aplaudiram.

A anfitriã confirmou com gosto a importância recém-adquirida na ausência do homem da casa. Coube-lhe a tarefa de se sentar e aceitar elogios, que ela julgava se estenderem às suas filhas, enfileiradas ao lado. As demais damas, em vestido de gala, se abeiravam ao seu assento, disputando a cumplicidade da dona da casa. Elogiaram o seu vestido. Os cabelos. Os sapatos.

A esposa do conselheiro, até o momento apartada com uma xícara na mão, emendou um comentário qualquer:

— Esse tapete é tão — alongou-se, pensativa — ... engraçado.

A anfitriã concordou. Mandara-o trazer de Ardabil.

A esposa do conselheiro ficou boquiaberta, e de repente a peça que lhe pareceu vulgar tornou-se exótica: o vermelho pálido ficou vivo, e as dezenas de losangos no centro formaram um desenho místico.

— Sítio distante, esse — disse, recolhendo-se com a xícara. Tomou um gole do chá.

A anfitriã sorriu. Afinal, a convidada, apesar de viver na capital, nada sabia: nem onde era a Pérsia, nem que a maior glória da fazenda veio rápido demais. Sequer houve tempo de trocar as tábuas tortas do piso: compraram-se tapetes.

— Já os meus — retomou a dama, em um gesto último de grandeza — vêm de Paris.

Mas a dona da casa não ouviu: aborrecida, se levantara com a escusa de ciceronear outros convidados. As filhas foram atrás, amarradas umas às outras pelas mãos e pelos longos cabelos.

Mal caía a tarde quando mandou acenderem as velas de libra, mais para exibir os lustres de cristal lapidado do que para iluminar o salão. As janelas ficaram todas abertas, enquadrando a cena: dezenas de carroças a sair da fazenda em direção à estrada distante. Ao fim do dia tinham levado duas mil arrobas de café. Bastante, porém muito menos que no ano anterior. Culpa da forte estiagem, diziam.

Quando o barão chegasse, brindariam mais uma vez seu aniversário, gritando "vivas". Mas agora com mais vigor: as mucamas lançariam das janelas uma chuva de pétalas. O aniversariante subiria pela escada de pedra ladeada por dois escravos, os mais vistosos, que seguravam candelabros. Dentro do casarão, ele seria ovacionado pelos convivas e pela longa fila de cativos lá fora. Todos em voz uníssona. Por fim, o barão sopraria as quarenta e oito velas que decoravam o bolo de baunilha e creme.

Ele tardava. Era teimoso: insistia com o conselheiro para examinarem as terras em toda a sua extensão, e um ou outro sítio pitoresco. "Para Vossa Excelência ver que nesta província, para além de chuvas e mosquitos, há também paraísos", disse. Em verdade, tinha pressa em concluir os detalhes, a sós. Precisava de maquinaria e mais terras, e para isso contava com a cumplicidade e influência do conselheiro na capital.

Saíram sem fazer a sesta.

CAPÍTULO 18

Os homens do quintal não podiam ser peregrinos, pensou a menina.

Agarrada a um tronco, ela examinava as folhas da mangueira. Arrancou uma: tinha a forma longa de uma boca que nunca sorrisse. Ou de dedos compridos e tristes. Com quantos dedos se fazia uma mão? Contou: um, dois, três, quatro, seis, sete. Perdeu-se. Trepou mais para cima. Quis alcançar a copa da árvore, mas era impossível: chegava um ponto em que não se via o tronco, ele se bifurcava em finos galhos embrulhados pelas folhas. Altos demais.

Ficou a balançar.

Não podiam ser peregrinos. Havia passado dez dias. Ou doze. Ou oito. Pai falou que as romarias duravam apenas uma sexta-feira. A culpa também podia ter sido do tapete de flores, muito pequeno. As pessoas não enxergaram o caminho, andaram perdidas de um lado ao outro e, ao final, o pisotearam inteiro. Quando a menina fosse árvore, deitaria todas suas flores no chão para fazer um tapete infinito.

Aparecida queria ser uma mangueira. Suas flores pequeninas, amarelas e rosácias, tombariam devagar, em farelos.

— Melhor algo mais nobre, bíblico: uma figueira — pai havia dito antes da última viagem. — *Ficus carica*, bem entendido.

Não tinha graça, a figueira.

Enquanto pai se ajeitava na carroça, a menina mostrou como era fácil virar árvore: subiu na ponta dos pés, esticou os braços para cima, uniu as mãos.

— Assim — disse, no alto de seus sete anos. Depois dobrou um joelho, encostando o calcanhar no outro joelho estendido. Antes que passasse o vento, se desequilibrou. Caiu.

A mangueira era a mais velha das árvores. Havia quem dissesse se tratar de planta semeada antes de o primeiro homem cercar o chão e dizê-lo seu. Outros davam conta de que foi plantada durante a saga do açúcar, quando o negócio do café era ainda uma remota hipótese. A menina achegava-se debaixo da árvore velha, onde as mulheres de mesmo sangue cresceram, manchando de sombra a pele branca, e se casaram, todas, uma a uma. Até um dia irem embora. Era o que mãe dizia. Se tivesse altura, Aparecida subiria à copa, se ajeitaria no alto e, desde que ficasse quieta, ninguém haveria de percebê-la: a menina era como certos bichos que se escondem na folhagem, parecidos que são ao mundo em volta. Outro dia pai lhe ensinou o nome de um deles: bicho-folha, ou *Typophyllum*.

Quando é época de mangas, ela conta o número de brincos presos às hastes da maior árvore do quintal. Aponta ao alto:

— Olha, vão cair.

Eles ficam a balançar com o vento.

Caem.

Um, outro. Abrem-se na terra.

Alguns ficam presos até depois de maduros.

A menina arranca a casca com os dentes e se lambuza de amarelo. Quando despencam sem machucados, Aparecida os apanha e corre para debaixo da janela da avó. Nos dias mais calorosos, a velha se assoma ao parapeito do segundo pavimento e, inclinada, saúda de longe a neta. Diz palavras com um som abafado de tambor, e a menina pensa serem preces. Aparecida quer lhe retribuir com mangas, mas os saltinhos são de pássaro manco que não alça voo: joga as frutas maduras e elas chegam ao meio da parede, manchando a taipa de amarelo. Tombam. A avó fica a dizer suas preces lá de cima.

— Por que ela não pode sair, mãezinha?

Porque tossia. Estava velha.

— Por que ela não pode brincar?

Porque os velhos não brincavam.

— Por que não?

Porque estavam cansados.

— Por quê?

Porque viram demais. Adoeceram.

Aparecida mostra sua coreografia de árvore, a avó ri. A menina quer lhe contar com palavras, mas a voz é uma manga que não alcança, cai pelo caminho. Por isso diz com os braços-galhos: vai se transformar em árvore para ficar alta e poder lhe falar da janela. Disso a avó sabe: ela ri, ela diz suas preces.

Esses dias, contudo, são cada vez mais raros: não porque falte calor — mesmo a chuva não amaina o tufão quente que é o Brasil, todos repetem isso —, mas porque a avó, ao sair à janela, quase não olha mais para baixo: apenas em frente, na direção do vale que se estende como uma colcha cheia de dobras nas pontas.

— Perdeu as estribeiras — lamenta pai.

— Como se perde as *estiberas*?

Ninguém responde.

De vez em quando a avó joga coisas, e Aparecida agradece. Começou com fitas de Bonfim: enrolavam-se no ar, azuis, vermelhas, rosas, e às vezes o vento as levava para o cimo de alguma árvore. Depois, passou a jogar tufos de algodão; alguns, mais pesados pela imersão em água, caíam rápido. Logo foram os pentes e produtos de asseio. Por fim, deu para atirar pedaços de madeira retirados às cadeiras do quarto. Foi então que mãe mandou trancar também as aldrabas da sua janela. Com o início da reforma, mãe prometeria alargar o tamanho da ventana para ventilar melhor o quarto e salvar a tuberculosa. Cobriria o vão com uma rede fina para evitar os disparates da velha.

A menina ficou mais sozinha sem ver a avó, mas outras vistas lhe chamavam a atenção: foi para junto dos homens de braços de madeira descobertos que, de volta ao batente, acotovelavam-se e falavam alto. Vinham de dentro da casa, onde entravam com paus às mãos e saíam carregados de sacos e barulho.

Aparecida recomeçou a fazer seu tapete de flores.

CAPÍTULO 19

Mais uma vez.

Bendita sois vós entre as mulheres.

A menina repetiu.

Mãe recordava o dia em que a família recebeu a visita de um naturalista gaulês. Ou suíço, não se lembrava bem. A mesa foi preparada para trinta e cinco pessoas. A avó ocupou o assento à extrema direita, em frente ao esposo. Separados por uma dezena de garrafas de vinho português e cinco jarros de flores silvestres, assentiram com a cabeça para dar início ao banquete. Era o que mãe dizia.

— A pena foi não ter uma orquestra — lamentou.

Santa Maria, mãe de Deus.

Houve quem dissesse ser possível massagear as mãos finas na toalha de linho belga, ou os lábios nos guardanapos bordados com iniciais solenes. Os negrinhos, disse, comportaram-se bem: vestidos de casaca vermelha, recordavam um pelotão fiel da época em que havia pelotões fiéis.

O francês — Bernard, sim, chamava-se *monsieur* Bernard, mãe se lembrava com clareza — havia estado em muitas fazendas do Brasil. Algumas contavam mais de quinhentos pretos, boticário, sapateiro, parteira, alfaiate, chafariz e telescópio.

Rogai por nós, pecadores.

Apesar disso, ao se despedir, Bernard — ou Pascal, decerto era *monsieur* Pascal — confirmou nunca haver sido recebido tão bem. Teria finalizado com a expressão *incroyable*. Ou *le jardin*. Ou *mademoiselle* — mãe não se lembrava bem. Afinal, ela recordava, sem nunca ter estado lá. A memória também tem dessas coisas. O homem logo partiu, como partem todos os viajantes. Agora — agora eram restos, e uma toalha manchada de café, dobrada várias vezes para ocupar uma mesa muito menor.

— As pessoas — interrompeu Aparecida — elas eram para sempre?

Mãe não entendeu.

— As do quintal — disse a menina. Eram também viajantes ou eram para sempre?

Mãe abriu um longo "ah". Percebia.

— Viajantes, sim, pedreiros são como viajantes — respondeu.

A menina ficou triste.

Agora e na hora de nossa morte.

Aparecida repetiu.

Amém.

Pediram graça e saúde à avó.

Mãe soprou a vela.

CAPÍTULO 20

Aparecida veio dar mostras das novas folhas que havia encontrado no quintal: uma triangular e outra redonda. Desistira de fazer o tapete: viajantes não eram como peregrinos e pisoteavam as flores. Agora se dedicava de novo somente às folhas e em se tornar árvore. Teria de escolher uma muito bonita e nobre, dissera pai. Mal chegou à biblioteca, ela começou a coçar os olhos — as estantes, que cediam, inclinadas, pelo peso dos tomos, davam vertigem. Seguiu coçando ao encontrar pai, porque achou estranha a cor de figos roxos debaixo dos olhos dele. Estaria pai virando uma figueira?

Ele passara as madrugadas escrevendo, para evitar o barulho das obras. Apesar de cansado, recebeu a menina com gosto: era tão branca e tão magra que qualquer esforço em subir à biblioteca, quer pela escada esquerda quer pela direita, devia ser valorizado como uma tentativa de se civilizar.

Foi buscar o livro de Botânica. Passou pelo corredor de Fisiologia, Geometria Analítica e Álgebra Linear, a galeria de História das nações ibéricas, costumes medievais e Geografia natural. Atravessou a extensa passarela de Cartas Magnas e chegou à seção de Biologia. Os livros soltavam um cheiro abafado de velhice e a mancha impressa nos dedos ao folheá-los levava três dias de sol para desaparecer.

Voltou com a *Flora Fluminensis*, um dos cem afortunados exemplares do frei Veloso com prefácio em francês. Apesar de se tratar da província vizinha, muitas espécies eram as mesmas. Também trouxe o *Plantarum Brasiliane* e o *Flora Brasiliensis*, porque os desenhos coloridos chamariam mais atenção da menina. Antes de abri-los, sem se conter com o sórdido detalhe histórico da última dinastia portuguesa, mostrou à filha a figura da quarta geração real no volume que estudava sobre a escrivaninha:

— Veja, os Bragança. Morreram nove primogênitos.

Os livros de Botânica ficaram sobre o cume de uma pilha com outros tomos. Pai explicou como a maldição teria acometido toda a família real depois de D. João IV blasfemar contra um frade que lhe pediu esmola, ressaltou que o caso ainda carecia de prova científica, e pediu para não confundir o herege com D. João VI, pois havia profunda diferença de caráter. No nome, apenas se trocava a ordem dos números romanos, mas esse pequeno detalhe, na verdade, mudava tudo. Pai seguia virando as páginas como se a menina soubesse ler.

— Bonito, o castelo — disse Aparecida, apontando a gravura que sobressaía na página.

Não era castelo, era palácio. Em Queluz. Ali encerraram a rainha quando ela enlouqueceu. Erro típico dos trópicos, esse de tomar um pelo outro. O primeiro servia para proteger o reino dos invasores; o segundo, para deleitar os príncipes com valsas e amores. Com o perdão da rima, frisou. De todo modo, não importava mais. Palácios pouco valiam aos olhos dos republicanos.

Aparecida, de joelhos na cadeira a admirar as páginas, percorreu com o dedo indicador o contorno dos desenhos: o muro no alto andava em zigue-zague, como se tivesse dentes.

— Uma torre — disse pai. — Para vigiar os inimigos.

Esperançoso com a curiosidade da filha, ele se apressou em expor mais detalhes para marcar, com clara distinção, palácios e castelos. Falou que primeiro surgiram os castelos: ao redor deles se construíam os povoados. Somente depois vieram os palácios. Foi assim em Castilha e em Portugal.

— Menos no Brasil — lamentou.

Avançou mais páginas, comparou as figuras dos seis tomos que em poucos minutos se acumulavam ao redor. Via como afinal o palácio dos Bragança se parecia mais a um grande casarão, e os castelos, a fortalezas? Por isso eram construídos em locais altos: assim tinham o horizonte.

Na escrivaninha, o branco e preto das gravuras confundiam os desenhos em um amontoado de linhas que embaralhou os olhos de Aparecida. Ela os coçou de novo.

Pai se embrenhou pela terceira vez entre as estantes. Voltou com mais quatro volumes. O mais pesado o encontrou no chão, caído. Era de Cervantes.

— Este aqui é engraçado — disse, batendo com a mão fechada na capa dura, como se tocasse à porta. Folheou rápido o índice. Confundir palácio e castelo era coisa de incultos, disse, mas tomar uma venda por um castelo — aí era para loucos. Abriu a página errada, voltou duas para trás, seis para frente, zanzou o dedo pelos parágrafos. Encontrou. Aqui, por fim. Leu como se lesse um poema, marcando pausas e sem pigarrear:

se llegó a la puerta de la venta,
y vió a las dos distraídas mozas que allí estaban,
que a él le parecieron dos hermosas doncellas
o dos graciosas damas
que delante de la puerta del castillo
se estaban solazando.

No fim, definiu a palavra solazando: comprazendo. Ou seja, consolando, satisfazendo. Era soberbo. Via quanta poesia e quanta loucura?

A menina fez que sim com a cabeça.

CAPÍTULO 21

O barão demorava em chegar.

Durante o almoço, limpara o nariz na manga da casaca. Fizera-o com algum esforço, torcendo o braço gordo que a roupa apertava. Mas não foi isso que chamou a atenção da dama do conselheiro. Ao usar ambas as mãos para cortar a carne foi quando o barão deixou à vista seu defeito particular: não tinha o indicador da mão direita, decepado durante um motim de escravos que ele preferia esquecer. Por isso fingia ser canhoto, e usava sempre a esquerda ao conversar, tomar o licor ou apontar para longe, prevendo o futuro: "— Mais cinco anos e a estrada chegará a essas paragens". A outra mão ficava metida no bolso.

Em geral, não falava de política. Calhamaços não lidos da *Semana Ilustrada* e do *Jornal do Commercio* chegavam ao casarão com atraso e por destreza dos cocheiros — mas ficavam empilhados pelas mesas. Ele preferia os manuais de agricultura. Foi o único do lado paulista a contribuir com duas dezenas de escravos para a construção de um ramal da estrada do Longo Caminho, que sequer lhe alcançava as próprias terras. A esposa, descontente, advertiu ser um exemplo máximo da expressão "nadar, nadar e ir morrer à beira".

A última decisão do barão, acreditando ter seu lugar na terra assegurado, foi arrematar um posto no Céu: isto é, tornar-se paraninfo da basílica de Nossa Senhora. Ofereceria o conserto do sino de trezentos quilos de bronze para a torre esquerda, com a inscrição de seu nome. Solicitou com urgência um orçamento confidencial a uma oficina de São João del Rei.

Às seis horas chegaram o barão e o conselheiro.

Os convidados davam sinais de desânimo: aqueles até então de pé já haviam sentado, e os sentados ameaçaram fechar os olhos, com o pescoço caído para frente. Começou-se a falar sobre os rumos do país. A dama do conselheiro, escondida atrás de um lenço de seda lilás, bocejou. Na outra sala, o padre roncava a sesta tardia com um pé na água e o outro esticado ao pajem, que o massageava fazia duas horas.

Quando o carro atrelado a quatro cavalos, com bandeirolas coloridas sobre o toldo, parou na fazenda, um conviva que estava à janela anunciou o regresso do barão. Todos se levantaram.

Foi a apoteose. Cantou-se aleluia. Bateram-se palmas. Quatro cornetas entoaram o início do Hino Nacional. À janela, os convidados arremessaram pétalas.

O barão desceu rijo do carro, segurando o braço do conselheiro. Tinha o andar moroso e o rosto pálido. O lábio inferior, seco e rachado, deixava entrever um leve tremor: algo lhe acontecera. Nada mais entrar no sobrado, passou pelo saguão de cabeça baixa, foi dar no salão de visitas e buscou com as mãos cegas um assento vazio em meio às pessoas que lhe abriam alas.

Não deu tempo. Caiu duro ali mesmo, antes de chegar ao sofá.

— Acudam! — alguém gritou.

Começou o tumulto. A esposa e as filhas fecharam o círculo em volta do barão, choramingando rezas e clamando piedade, mas incapazes de tocar naquele corpo que, com a boca para o alto e as pernas abertas no assoalho, não se movia. Mais senhoras vieram ao encontro dele. Credos, ladainhas e benditos rodopiaram pelo salão. Outros convivas acercaram-se à vítima, dizendo-se íntimos: levaram a mão à testa do barão, às bochechas, levantaram os braços atrás do batimento dos pulsos.

Quatro homens, os mais fortes, conseguiram soerguer os cento e nove quilos do enfermo e despejá-los sobre o sofá. Abanaram seu rosto com chapéus e sacudiram-lhe os ombros. Alguém mandou chamar o padre, depois um médico, e a ordem circulou de boca em boca, tropeçando nos aparadores e cadeiras almofadadas que, com o alvoroço, as pessoas reviraram. O corpo do barão, trajado de azul escuro, despencou para os lados, escorregando pelas beiradas do sofá, e tombou de novo no chão.

Do fundo do salão de festa, um jovem de colete cor de cana abria espaço a cotoveladas, afirmando lhe faltar seis meses para o diploma de Medicina. Ajoelhou-se junto ao barão e desabotoou-lhe a carreira de sete botões da casaca. Pediu silêncio. Com a orelha direita voltada para o peito do enfermo, pôs-se a auscultar-lhe o coração. Ergueu-se, sorrindo. Batia, sim, batia. Estava vivo!

As mulheres pararam de chorar e aplaudiram. A anfitriã e as filhas agradeceram, extasiadas e com as mãos em reza, engrossando o alívio geral. O conselheiro, enfim, viu-se livre para socorrer sua esposa franzina que, desacostumada com tamanhas visões, ameaçava desmaiar. Mas o estudante tornou a baixar o rosto junto ao peito do barão, fazendo sinal aos outros para se calarem. Era grave: as batidas do coração diminuíam. Com pressa, o jovem retirou do convalescente toda a casaca, enroscada nos apetrechos e broches da camisa. Tiveram de ajudá-lo a virar o corpo: primeiro para a esquerda, de modo a retirar uma das mangas; logo para a direita, para retirar a outra manga; depois para a frente e para o alto, segurando o corpo adiposo pelas costas para livrá-lo totalmente da camisa apertada. Demorou: a gola entalou entre o pescoço e a cabeça, dando ao barão ares de fantasma.

Uma vez arrancada a camisa, o estudante enfim avançou sobre aquele corpo estendido. Com as duas mãos unidas pelos polegares, o jovem pressionou o peito do barão, fazendo força para baixo, e depois abrandou. Repetiu a operação por doze vezes — como doze são as campanadas da igreja onde o nome do barão haveria de ficar escrito em uma placa de bronze, em homenagem ao mecenato — até que todos já tivessem retomado seus choros e preces, a clamar pelo padre, e o corpo do anfitrião jazesse pálido, à mostra dos convidados zanzando ao redor do morto, como moscas. Os tornozelos e os braços do defunto ficaram esticados e, nesse gesto derradeiro, saltou à vista de todos a mão direita à qual lhe faltava um dedo. Morria, e sem qualquer requinte.

O padre apareceu por último, descalço, pés molhados e olhos vermelhos de tanto dormir. Demasiado tarde para a extrema-unção.

A recém-viúva, deste modo, manteve o título nobiliárquico e, antes de cumprir os quarenta anos, passou a ser a única dona de toda a vasta propriedade. Ninguém mais a chamou pelo nome. Tornou-se, para todos os fins, a baronesa. E foi, e ficou sendo.

Era já o fim de um século. O conserto do sino de cobre não chegaria à basílica, nem a estrada ao sobrado.

CAPÍTULO 22

À maneira de barões e baronesas que, da janela, outrora se extasiavam ao perder de vista seus domínios, mãe estira os olhos para a massa de homens que circula com ferramentas à mão. Gostava de vê-los trabalhar.

Não há alpendre daquele lado da casa. Será a próxima etapa da reforma, ela resolve.

Dois homens conversam com o mestre de obras. Riem. Mãe abre a janela e pergunta se já taparam as infiltrações.

— Está quase, senhora — responde o mestre de obras com o rosto para cima.

Não adiantava raspar as paredes com lixas. Para descobrir o tal *ebibento*, ele dizia, tiveram de abrir fendas nas paredes com marretas e picaretas. Como a patroa não gostava de deixar os buracos à vista, os pedreiros levavam um dia cavoucando a taipa e outro preenchendo as fendas com os mais variados tipos de argamassa: estrume, terra, pedra. O mestre por vezes confundia-se com o mapa da casa, desenhado a carvão no assoalho, e mandava reabrir algumas gretas. Haviam trilhado oito alcovas. Faltavam mais cinco no rés-do-chão antes de partirem ao andar de cima.

Aparecida, ao lado de mãe, toma lições de costura. Ajeita o pano branco sobre os joelhos tortos. Que difícil! Teria de criar meio ponto, depois outro, depois outro, movendo entre os dedos a linha, o pano e "a coisa". A coisa era uma agulha prateada e comprida. Com as costas dobradas sobre a costura, a menina move a coisa para cima e para baixo.

— Não é um garfo, Aparecida. É uma agulha — ralha mãe.

Mãe está perto da janela para ver melhor. Vez ou outra levanta-se, deixando os panos sobre a cadeira, e espia os homens.

— É um disparate, essa demora — diz. — Desse jeito pretendem ficar aqui para sempre.

Volta-se à menina para conferir o bordado. Não, não era daquele jeito. Mas não tinha problema: a menina teria ainda muitos anos para aprender.

— Pode ir, minha filha — diz. — Vá brincar.

Mãe recolhe o pano e a "coisa" de Aparecida. Antes de a menina sair, dá-lhe as indicações habituais: que não comesse frutas do chão; que não subisse na mangueira. Que não se metesse no mato nem andasse atrás dos pedreiros. Traziam doenças: sarna, boubas, lombrigas.

A menina levanta e sai. Perambula um pouco pelos quartos e, por fim, desce ao quintal.

Ensaia alguns passos de árvore: os cotovelos-galhos para cima, o corpo na ponta dos pés. Há muito tempo, Nanan falara de uma princesa transformada em árvore. Ficava à beira do rio, a olhar para dentro, as pontas dos longos cabelos molhadas. Suas lágrimas se tornaram correnteza. Aparecida perguntou mais, descera ao rio e não encontrou ninguém. Quedê princesa? Nanan desconversava. Aparecida agora levanta um joelho e o dobra sobre o outro. Fica. Era melhor ser gente que ser árvore, Nanan desconversava. As pernas esticadas da menina começam a doer. Abaixa os calcanhares e sacode os cabelos-vento. Se pai escutasse a história da árvore, teria dito: nada de princesa, é apenas o chorão. Talvez adicionasse, depois de pigarrear: *Salix babylonica*.

Com os braços à altura dos ombros, a menina girou o corpo em carrossel, ventania forte do verão que ainda não chegou, e quando se sentiu tonta agarrou-se às pontas do capim para não cair. Mas quedê princesa?

Queria ser árvore, mas tinha medo de se afogar.

Sentou-se na terra, os braços enrolando os joelhos. Os homens se aproximaram com os mesmos sacos para despejar no terreno as coisas que traziam de dentro da casa: pedaços de madeira, pedras, terra, nacos de cerâmica quebrada. Refaziam a rota. Estariam encurvando, os viajantes? De perto, notava-se mais: as costas vergadas de galinhas a ciscar milho. A menina riu.

Um deles parou com os braços na cintura, afogando os olhos nas imensas extensões do vale, muito além da cerca que marcava os limites da fazenda e que a distância escondia. O homem de voz grave, as bochechas grandes de quem esconde uma manga dentro da boca — a menina aprendera a reconhecê-lo.

— Ôoo, terra grande — ele disse ao parceiro.

Aparecida olhava.

O outro, que ajeitava o entulho com pás, trazia um cigarro de palha na boca. Levantou a vista: — Grande, sim, ô.

Aparecida olhava.

O coração disparou: talvez os viajantes fossem para sempre. Talvez vieram fundar um povoado.

CAPÍTULO 23

O doutor embalou pela porta principal, acompanhado das criadas, mas antes teve de desviar de homens curvados sobre picaretas, apoiados em pás e outros que traziam e levavam baldes de onde caíam água suja, troços de coisas mortas e outros entulhos. Encontrou mãe na sala:

— Estão deitando abaixo o casarão! — disse o doutor.

Mãe retirava da parede o terceiro quadro, segurando pela moldura de madeira talhada, para o empilhar sobre a mesa redonda de centro. O doutor abandonou a maleta no canto, por cima jogou o casaco que acabava de despir e cujas longas mangas ficaram lambendo o chão — e foi socorrer a senhora.

— É muito pesado — tomou para si o retângulo de bordas douradas, que retratava uma paisagem idílica com palmeiras. Colocou o quadro sobre o sofá, de pé, apoiando a parte de trás no encosto: — Não me diga que irá desfazer-se deles...

Não, não ia. Queria apenas contá-los.

O doutor encurvou as sobrancelhas: — Por que tirá-los da parede, então?

A mulher desconversou, bem, o senhor doutor devia saber, o costume mandava contá-los, um a um, com as mãos.

Ele não entendeu, e com os olhos apertados de quem se esforça por refazer uma conta de matemática cujo resultado destoa, amaciou a barba. Ora, são tão poucos, podia apontá-los com o dedo — os quadros ficariam pregados e a senhora, livre de peso.

— Na verdade... — e mãe começou por dizer que, além de contar os quadros, estava a inspecionar por trás deles: queria ver melhor o estado das paredes: se firmes como soldados, ou se moles, lamurientas. Olhou de soslaio as criadas recolherem o casaco do doutor e pousá-lo no cabideiro. Trocou de posição com o médico. De costas às criadas, retomou com a voz baixa: — Porque as infiltrações... — e deixou a mão suspensa no ar, junto às últimas vogais, apontando às paredes.

O médico fez que mais ou menos com a cabeça. Logo mencionou os pedreiros, o tumulto na casa. A mulher desconversou: tratava-se apenas de uma pequena reparação no solar. Ele, contudo, insistiu que eram muitos homens, e suados, deixavam suas pegadas de caliça por toda a entrada, sem falar no cheiro pela casa. Tanto ruído e poeira não faziam bem à "senhora baronesa, sua mãe".

Que o doutor não se preocupasse, mãe pediu: fazia isso justamente por ela, pela senhora baronesa, para que vivesse em um casarão à altura de seu nome. E de sua doença. As obras não poderiam prosseguir quando chegassem as chuvas. Alguns poucos meses, e tudo pronto: janelas maiores para lhe ventilar os pulmões, paredes aprumadas e secas. Depois calou-se. Pensou. Concluiu: se bem que a janela da avó não pudesse ficar sempre aberta: ela atirava ao léu pentes, copos, penas de travesseiro. Não fosse ser que um dia se atirasse também; e, ainda pior, de camisola.

O doutor inclinou-se, recolheu a maleta pela alça. Recuperou a boa postura e deixou a sala, abrindo espaço para a senhora passar à frente. Andariam ao quarto da avó, fechado por uma porta dupla de madeira, com ferrolhos, trancas e fechaduras que pareciam trazidos de museus. A visita seria de vinte minutos, durante os quais o médico teria de perseguir com afinco as batidas do coração da velha e o ronco dos pulmões, ensombrecidos pelo barulho das marretadas nos outros cantos da casa.

CAPÍTULO 24

Melhor ser gente que ser árvore, havia dito Nanan.

Árvore não é gente, mas conversa com a gente. Nanan dá exemplos: o imbondeiro. Grande, grande. Daqui até as estrelas. Escuta, responde. Aparecida arregala os olhos: quer saber mais.

Nanan conta.

Que um homem perdeu o cavalo e foi lamentar perto do imbondeiro. Sem cavalo, o homem não podia vender farinha na cidade. Sem farinha, não podia comprar das coisas que não tinha em terra dele. O homem estava triste.

Nanan conta e repete.

Que o homem foi lamentar embaixo do imbondeiro.

E que o imbondeiro falou assim: para voltar amanhã.

— Voltou?

Voltou, sim, e lá estava o cavalo.

Aparecida gostou, mas logo franziu o rosto e ficou triste: na fazenda não havia imbondeiro, só havia mangueira.

É Nanan que agora ri. Não faz mal. Imbondeiro vivia do outro lado do mundo, depois do mar, lá só se chega de navio. Quando a menina entristasse, que fosse então ao pé da mangueira. Que falasse com ela. Ela ensinaria a menina a crescer, a ficar forte, a deixar tristeza.

Nanan conta.

Aparecida escuta, escuta, Aparecida é como imbondeiro.

CAPÍTULO 25

Mãe começou a dizer que o dinheiro não chegava. Precisavam de um empréstimo.

— Talvez desta proposta não se estejam a depreender muitas vantagens — disse pai.

Entre a ofensa e o elogio, ele preferia calar-se. Qualquer palavra no aumentativo soava uma obscenidade. Ao fazer críticas, dissolvia-as em tantos aprestos linguísticos a ponto de, não poucas vezes, o interlocutor as confundir com mensagens de louvor e aguda inteligência. Daí que o chamassem, ele, de *Homo profundis*.

As conversas com a mulher o enervavam. Secou a testa com o guardanapo. Ele, que tanto tardava em encontrar as frases corretas, era usualmente atropelado por uma avalanche de palavras alheias, as mesmas, a tentar convencê-lo. Venciam-no por exaustão. Como da vez em que a mulher insistiu em ter mais um galo: que galos eram tradição portuguesa, que se um se esquecesse de cantar, para isso servia o outro. Não tardou três dias para se montar uma rinha entre os galos e a cabeça do mais novo ficar dependurada no pescoço, com a crista em pedaços.

Depois foram as paredes. Quando pai corrigiu um erro sobre o terremoto de Lisboa, por dever científico, dizendo que o abalo começou no epicentro, e desde aí se espalhou, a mulher deu para falar em epicentros, que as paredes despencavam do epicentro, que as infiltrações atacavam o epicentro e que somente os pedreiros podiam encontrar o epicentro.

Agora, era o empréstimo. Parecia, claramente, um disparate.

— Além disso, os juros estão pelas alturas — disse. Queixou-se que seus clientes de inventários não abundassem como antigamente. Quer porque não dispunham de meios, quer porque não havia já tantos mortos. Uma coisa ou outra, como saber? Certo é que os vivos — os vivos tomam conta de tudo. Em resumo, investir mais dinheiro no casarão seria o mesmo que... que... — e rodou a mão no ar, à caça da palavra certa.

— Perder ele? — perguntou mãe.

— Mais ou menos.

Não era verdade, retrucou mãe. Se arrumassem o casarão, estariam salvando a avó e, ao mesmo tempo, valorizando o solar. Como matar dois coelhos com uma cacheirada. Falou de infiltrações, de paredes partidas, do esmorecer da taipa. Falou do epicentro.

Pai fechou a cara. Na semana seguinte, a contragosto, marcou encontro com um intermediário.

— Um disparate — pensou, ao assinar o empréstimo.

CAPÍTULO 26

Então não eram peregrinos?

— Não — Nanan respondeu, rindo.

Nem viajantes?

— Não.

Mas pareciam. A menina estava certa disso. A voz, os cabelos, as roupas.

— Onde é que viu gente assim antes?

Aparecida não soube dizer. Nos livros, talvez.

Nanan ria. As crianças tinham uma imaginação infinita.

— Mas pareciam — insistiu de novo a menina.

Pela quarta vez, Nanan falou sobre os pedreiros: quem eram, o que faziam. Mas a menina não entendeu.

CAPÍTULO 27

Ao cabo de quatro meses de trabalhos, não se encontrou qualquer sinal de infiltração de água. O mestre de obras, aquele da voz quebrada, foi quem avisou a patroa.

— Mais um pouco e a casa vai abaixo.

Pai, se estivesse, concordaria. Talvez dissesse uma frase enviesada e, ao final, a sentença: "A reforma, finalmente, terá de acabar".

Talvez terminasse assim, arrimando em bom porto, se soubesse empunhar frases certeiras. Não o sabia. O mais provável teria sido que desenrolasse o pensamento à maneira de um papiro, e o levasse a regiões tão distantes que já ninguém fosse capaz de lembrar do princípio: "Eis o momento chegado em que havemos de dar proeminente consideração às inúmeras conjeturas, universais e particulares, que depreendem-se de referida afirmação, tirando dela as devidas consequências aplicáveis ao caso de interesse. Consideremos, deste modo, a oportunidade de se aventar uma eventual descontinuação ou mesmo afastamento no processo de desenvolvimento habitual das tarefas para as quais tais homens têm sido destinados, ou fato semelhante." Se estivesse, o teria dito.

Mas ele não estava.

Mãe discordou do mestre de obras. Indispôs-se. A água apodrecia as paredes por dentro, disso não restava dúvida. Era questão de esperar para ver.

Decidiu trocar de mestre de obras, e passaria a fazê-lo outras vezes. Escolheu o homem com mais fios brancos; não tardaria em queixar-se de sua idade.

CAPÍTULO 28

A baronesa, rodeada de criados e da filha pequena, recebeu o fazendeiro que viera comprar parte de suas terras, mas falou que era melhor visitar o terreno no dia seguinte. Chovera toda a noite, e era provável que uma enxurrada ainda os apanhasse no caminho. Ele ficaria a pernoitar ali, e podia passear pela propriedade no dia seguinte.

O senhor Guimarães concordou. O filho, ao lado, se apressou em dizer que também estava de acordo. O fazendeiro trouxe o filho como uma forma de implicar o varão nos negócios da família. Também o havia levado, com apenas onze anos, para ver à beira de um brejo o corpo de um degenerado. Fora encontrado fornicando com outro rapaz, que conseguiu escapar. Não perdoaram a indecência e o mataram a pedradas. O senhor Guimarães, ao mostrar o cadáver ao filho, pensava educá-lo. "Não vá fechar os olhos" — advertiu na ocasião. Queria que guardasse bem na memória os detalhes daquela cena.

O efeito foi mais perverso. Atemorizado, o filho começou a sonhar com os pedaços do cadáver: uma noite eram os braços, disformes, que chacoalhavam a cabeceira da cama e o despertavam; outra, a boca aberta, inchada e roxa, tal como a tinha visto no brejo. O menino acordava suado. Gritava "mãezinha", apertando as cobertas. Deu para fazer xixi na cama.

Ainda no saguão de entrada, com os olhos bem abertos e os cabelos de um romântico e precoce mancebo — ruivos e a fazer arabescos no ar —, o filho apontou, meio assustado, o desenho de um anjo na parede.

— Não seja tonto — sussurrou o pai, emendando um belisco no braço do rapaz.

Entraram na sala de visitas a passos suaves, com medo de fazer barulho. Vieram do Rio de Janeiro, onde o vale vincou sua garra mais potente: os melhores casarões, a maior soma de pretos, as mais caras safras. Pouco importava: do lado de cá ou de lá, o vale atrofiava.

O fazendeiro elogiou os quadros, a mobília, a elegância da senhora e da filha pequena dela que, ao lado, brincava com bonecas.

— O belo anjo pintado por algum grande artista na entrada — disse — até parece que nos olha desde o Paraíso!

A baronesa sorriu, mas não agradeceu. Comentou sobre o traje do filho do fazendeiro:

— Um tanto particular para a ocasião — completou, enquanto examinava a gravata azul de sete voltas que parecia sufocar o rapaz.

O senhor não entendeu, e o filho sentiu arderem-lhe as bochechas e a garganta, como quando mordeu a pimenta-verde em um pedaço de frango cozido. Era a primeira vez que uma mulher dirigia-se a ele. Os botins de couro de bezerro, o colete apertado, o papo que a gravata acentuava nas gorduras do pescoço — tudo naquele momento pareceu a ele imponente, "particular".

Quando a baronesa propôs pernoitarem, o fazendeiro até gostou da ideia, pois assim ficava a conhecer melhor as entranhas daquele casarão.

— Os quartos e salas necessitarão de alguma reforma — disse, lançando um olhar amplo para o teto.

Ela estranhou. Devia saber que o negócio referia apenas a uma pequena parte das terras. Não incluía o casarão.

— Evidentemente — ela concluiu.

Na manhã seguinte, na volta do passeio pelo terreno, a criada, de avental e luvas, entra no salão com uma bandeja de prata lavrada. Traz café e bolachas em louça tão branca que, se não fosse pelo som agudo que faz ao tocar na mesa, pareceria mármore. Começa a servir.

O fazendeiro não tem fome. Aceita somente o café. Acende um charuto. Bafora a primeira fumaça para o alto. Volta a sorver. O filho começa a tossir. Sossega apenas quando o pai termina de fumar. Servem café ao moço.

Engasga. Batem-lhe às costas. Por fim, trocam o café por leite. Ele agradece. Não era um rapaz forte.

A criada pela segunda vez servia as bolachas ao jovem, que as molhava no leite, e assustou-se ao ouvir a proposta do senhor Guimarães. Ele voltara à carga e agora falava em números, um montante de grande valor. Todos calaram.

— Por tudo. Incluindo o solar — disse o fazendeiro. O negócio não valia a pena de outro modo.

As mãos da baronesa seguiram pousadas nos braços da poltrona. Como uma proprietária acuada. Ela sorri. Não tem contraproposta. Mas, se fosse assim, se fosse para se desfazer do casarão e se mudar para a capital, ela preferia não vender nada, e deu por concluída a visita.

Junto à fumaça do charuto que o senhor Guimarães voltou a acender, mesclou-se um mal-estar. O filho recomeçou a tossir, mas agora em parte pela fumaça, em parte na tentativa de preencher o espaço que o silêncio deixou na sala. O jovem pediu uma xícara de café. Com as mãos agitadas a titubear a xícara no pires, respingando na calça e no tapete, empenhou-se por tornar a situação agradável. Inútil. O pai se levantou, puxando as calças um pouco arreadas. Ainda tentou argumentar:

— O que ofereci foi caridade. Não conseguirá preço melhor.

Fez sinal para o filho levantar. O rapaz o atendeu de imediato: deixou a xícara cheia sobre a mesa, endireitou-se. Estendeu a mão à senhora, com a ingenuidade dos jovens. Ela retribuiu. Ele beijou o dorso, como vira os homens fazerem às mulheres, e ficou extasiado com o cheiro da pele da baronesa. À porta, o senhor Guimarães disse que uma viúva desamparada era capaz de fazer loucuras. Saiu da sala baforando o charuto.

A baronesa o desconsiderou: não acreditava em profecias vindas da boca de homens.

Mas a fazenda passaria mais de dez anos sem que nenhum comprador a visitasse. Finalmente, uma pequena fração foi vendida em uma manhã cinzenta pela metade do preço inicial a um visconde aventureiro que queria entrar no negócio da pecuária e não se importou com o tamanho diminuto do terreno que ela colocava à venda. Antes mesmo de comprar a primeira cabeça de gado, o homem perderia todo o capital no jogo, e as terras, ao banco.

CAPÍTULO 29

Nanan vai à frente. Escolhe um ramo, afasta a erva daninha. Cata as folhas. Volta a separar a erva daninha, assopra. Mete as folhas no pano de prato, amarra.

— Pra quê? — Aparecida pergunta.

Para dor de barriga. Era só ferver na panela, esperar esfriar.

Aparecida escolhe um ramo da mesma planta. Gosta: as folhas pareciam de veludo. Mas não sabe separar, junta erva daninha e as outras folhas, amassadas, no bolso.

Nanan para mais à frente. Desta vez com uma faca pequena, arranca de uma moita outro molho de folhas. Aquelas eram compridas.

— Pra quê?

Para acalmar.

Aparecida acha graça na moita. São muitas folhas, e compridas, e confusas: uma cabeleira espetada de quem não se penteou. A menina também quer um fio daquele cabelo. Puxa a folha comprida, seus dedos deslizam pela borda áspera. Ela dá um grito.

Nanan se volta, deixando cair o pano de prato.

— Tem que ir com cuidado. Tem que pedir licença pras folhas.

Aparecida leva o dedo que sangra à boca. Nanan a segura pelo outro braço e, devagar, juntas, vão andando.

CAPÍTULO 30

A caixinha de cabiúna adornada com arabescos dourados nas laterais que, passando por quatro gerações, serviu às mulheres para guardarem as agulhas e linhas mais estimadas, deu lugar às cascas de tinta e restos de taipa da parede. Mãe, como um apóstolo que se lhe decifrasse o nome pelo atributo que carrega, passou a levar consigo a caixa de pandora, como pai depois a batizou: servia para ela guardar as provas da erosão durante as inspeções que fazia aos aposentos do pavimento superior, enquanto a reforma ainda estava no andar debaixo.

Escolheu uma parede. Aparecida, junto dela, assistia.

— Repare bem, para depois não pensarem que sou doida — disse. Com o dedo, mediu o que dizia ser uma fresta de infiltração. Preocupou-se. Via como o risco aumentava? Ontem estava menor, talvez um centímetro.

Mas a menina não via. Espremia os olhos à maneira dos míopes e estrábicos, e continuava a não ver. Se fosse noite, mãe culparia as malcheirosas candeias de azeite de mamona que não iluminavam nem um palmo à frente.

Se dia, falaria que Aparecida era muito baixa para ver, ou pequena para entender.

Como fosse início do dia, e o sol fizesse seu caminho desafinado pelas frestas das cortinas, mãe culpou a menina. Esfregou a greta com uma espátula até retirar partes da tinta, que vinham amalgamadas com restos de barro seco. Mãe recolhia tudo com a caixinha apoiada na parede. Depois foi para outro canto. Aparecida a seguia.

A menina perguntou se mãe já havia visto castelo.

— Claro que sim — ela brincou.

A menina se animou. Era dos grandes?

— Dos maiores.

Hesitou. Não seriam daqueles de morar? Porque aqueles não eram castelos, eram palácios. Pai quem disse.

Mãe quis saber por quê.

— Os castelos eram para a guerra — respondeu a menina. Por isso ficavam no alto.

Mãe aceitou. Certamente os outros eram palácios. Porque os castelos, com torres e soldados, esses ficavam sempre no cume das montanhas, que era para fugir do mar.

Assim mãe voltava às suas histórias.

Por duas noites sonhara com uma pequena rachadura, da largura de um dedo mindinho, na parede. Às vezes mudava de forma e se parecia a um furo. Espreitara. Do lado de lá? Nada, nada. Nas noites seguintes, porém, foi diferente. Primeiro, os sons, como os de conchas levadas ao ouvido. Depois, lhe ocorrera se apoiar à parede e espreitar o furo com ambos os olhos, ao mesmo tempo, por impossível que fosse. Viu o mar, grande como jamais se havia visto. Grande e imóvel. Sequer uma onda, sequer um banhista. Mudo. Alguém que nunca o tivesse visto pensaria ser uma colcha azul estendida sobre o mundo. Esta imobilidade a chocava. Um mar morto era ainda mais assustador. Quando ele começasse a se agitar, as paredes não aguentariam. Mãe disse que foi ao acordar que ela confirmou a premonição que já durava meses: as chuvas, que são o mar virado do avesso, elas darão cabo da casa.

— Isso você ainda não percebe, minha filha.

Saiu para outra alcova. Aparecida ficou, e tão perto da parede que jurou ouvir o bater das ondas.

CAPÍTULO 31

Já haviam cavado gretas usando martelos e verrumas, marretas, picaretas e machados, já haviam levado parte do entulho para fora e deixado a outra se acumular no assoalho e tapar o mapa a carvão que o primeiro mestre desenhara, já haviam vasculhado todas as alcovas de baixo, incluindo as cozinhas e os quartos das visitas comuns, já haviam deslocado os móveis de um canto a outro, já os haviam coberto e descoberto com panos e poeira, os mestres de obras já haviam sido trocados quatro vezes, alguns reclamando, outros agradecidos de se lhe terem sido dado o pagamento, já haviam desistido, tentado, desistido e voltado a tentar encontrar o tal epicentro, ou *elicento*, ou *ecibento* — quando sumiu o retrato do Senhor Rei.

— Um disparate, um absurdo — dizia pai, encadeando novo adjetivo a cada três passos. — Um desvario.

Ele abriu uma porta afoito, deixando a maçaneta bater na parede detrás, perambulou pelo quarto desfazendo-se dos lençóis que aos poucos invadiram o primeiro pavimento para cobrir aparadores, caixotes, armários, perseguiu as paredes de cima a baixo, e atravessou outra porta para continuar a busca. Tinha certeza de que o quadro estava onde sempre estivera: na alcova dos tapetes, como ele a chamava, com tapetes enrolados e apoiados à parede, outros que o peso tombou, e o maior deles, esticado sobre o assoalho com as pontas para cima, como a orelha de livros velhos. Às vezes pai tropeçava nele. Mas naquela alcova não havia mais quadro algum. Pai acusou os pedreiros, gente sem instrução e aproveitadora:

— Há uma probabilidade de que esses senhores tenham se aproveitado de maneira indigna da situação, subtraindo de seu devido sítio ilustre obra pictórica, e dando-lhe destino inadequado às suas funções.

Conforme se impacientava, as palavras também ficaram mais irritadas.

— Onde foi buscar esses ladrões? — terminou dizendo em voz alta.

Nunca o haviam escutado falar assim, com tamanha precisão.

Mãe vinha atrás, e depois dela as criadas, arrastando sandálias e espanadores. Ela culpou as pretas:

— Um feitiço, sem dúvida se trata de um feitiço.

Pai descreveu como sendo um desatino roubarem a única imagem em que o imperador aparecia vestido de rei: a coroa, esplêndida obra de ourivesaria, o cetro completado pela serpe dos Bragança, o longo manto estampado com folhas de palmeira, a ordem do cruzeiro pendurada ao peito. Enfim, um rei era um rei.

Mãe cismou. Se ele já sabia tudo sobre o quadro, por que haveria de guardá-lo?

— Ladrões! — disse pai, sem escutar a mulher.

Aparecida os seguia. Assustou-se com os modos de pai, a voz alta. Dava para ouvi-la em eco para trás: corria para alcançá-la, mas a voz se mesclava em novelo com a de mãe, e ficavam a reverberar longas vogais. Depois o ruído de alguma porta a bater abafava a briga. Era a hora que a menina guiava-se pelas criadas: moviam-se tão rápido que delas só se podiam enxergar a silhueta dos corpos e os calcanhares esfacelados nas sandálias baixas. Logo desapareciam, velozes.

Entre uma porta e outra, Aparecida perdeu-se. Tentou se guiar pelas folhas que, arrancadas às árvores, serviam para marcar o caminho dentro de casa, mas desde o início da reforma elas mudavam de lugar, grudadas nas chinelas dos homens ou escondidas debaixo do pó. Apesar de a escada de acesso ao rés-do-chão ter sido bloqueada por uma porta, o pó branco chegara ao andar de cima. Decerto entrariam pelas fendas das paredes, dizia mãe. O pó dificultava a vista: a menina esfregou os olhos. Vagou pelos quartos, depois encontrou uma escada e desceu ao rés-do-chão. Os aposentos de baixo também rebentavam em excesso e tamanhos inesperados, sem janelas, às vezes sem porta, somente um buraco com homens cheios de pó. As escadas e alcovas, todas comunicadas por portas que davam a outras portas, como se caixas dentro de caixas, noites dentro de noites. Dentro delas, Aparecida.

CAPÍTULO 32

Apresentou-se no cair do dia. Era um dos pedreiros, vindo de Minas, com a testa larga, o nariz meio achatado e a pele queimada de sol. Pediu ao capataz para falar à senhora. Mãe respondeu da janela, e disse que tinha pressa.

— Por acaso encontrou o quadro? — ela perguntou.

Não, o quadro, não. Mas tinha um exame completo das infiltrações.

Mãe avançou o pescoço. Quis saber mais.

O outro contou dos anos de trabalho em Minas e na capital. Mas, por não ser ele a comandar as obras no casarão, ninguém lhe dava ouvidos.

Convenceu-a: por falta de beirais amplos, a insolação massacrava o casarão, e as chuvas dos últimos cem anos bateram no revestimento e erodiam aos poucos a taipa por fora; as águas debaixo do solo subiam pelas paredes e amoleciam toda a massa de barro por dentro; nos vãos das janelas, a padieira ficou deformada e esmagou as esquadrias. Era claro: manchas de mofo escuras escandalizavam as juntas das paredes no rés-do-chão e, provavelmente, se tirassem os móveis do primeiro pavimento, qualquer um poderia ver por trás deles.

Antes de ele propor a solução, mãe mandou o homem subir.

CAPÍTULO 33

A baronesa costura. Já não enxerga bem o furo da agulha prateada, e por isso há tempos trocou o bordado pelo tricô, por mais absurdo que lhe pareceu, de início, coser cachecóis para tapar o suor que lhe escorre do pescoço e se acumula na clavícula. Acabou se acostumando: mantinha as mãos ocupadas durante aquelas horas de torpor, quando o corpo desmaia na cadeira de balanço.

Engole um pedaço de ar.

Nem bem são sete da manhã e já o sol e as moscas investem contra as cortinas cerradas. A baronesa lamenta. O casarão vive sob permanente ameaça: o primeiro sol nasce por aquela janela, e por ali mesmo se embrenha e é preciso tapá-lo com as cortinas. Por teimosia, o sol insiste em cavoucar todos os cantos do casarão, e pelo meio-dia açoita as telhas com a voracidade de um Deus. É quando a baronesa levanta e vai ao alpendre reclamar seu quinhão de ar, não é possível sequer respirar nessas terras, ela diz, e o que vê — o vale desenrolado em desertos — a assusta. Volta ao quarto de costura, retoma o tricô abandonado sobre a cadeira, vez ou outra abre a cortina para recolher uma pequena faixa de luz e de vento, mas as moscas se aproveitam e ela torna a cerrá-la antes de o sol estrangular seus dedos, afinal muda de lugar e vai se sentar no outro canto do quarto. A filha, já uma mocinha, como diziam, quando está no mesmo cômodo a coser, a imita. Pelo fim da tarde o sol se enterra do outro lado, por trás do monte, e uma pequena brisa apazigua o casarão. A baronesa pode enfim abrir as cortinas e respirar. A sorte é breve, não lhe dá tempo de chamar a filha que saiu com a pichorra para pedir mais café às criadas: venha ver, minha filha, o sol a apagar-se inteiro — não lhe dá tempo porque antes disso, antes de o sol afundar no poente, a chuva já o apartou para despejar sobre a casa o rumor de dezembro. A baronesa chama as criadas, elas deixam as travessas e correm para fechar as aldrabas das janelas.

Ainda é de manhã.

Ela engole outro pedaço de ar. A filha deve estar sentada na penteadeira, a criada por trás soltando-lhe os cabelos com o pente fino.

A baronesa tosse. Uma tosse curta, estacada de imediato pela boca que se fecha. Já vai passar.

A filha tem idade para casar, e os cabelos denunciam a pressa: são lisos, mas pelo efeito do dedo indicador a girar de impaciência, enrolam-se nas pontas. Os olhos enxergam bem, por isso ela faz bordados de rosas, tulipas e passarinhos nos enxovais que, uma vez prontos, ficam dobrados dentro de baús. A baronesa os olha e os aprova. Ambas sabem que, naqueles fundos, alma alguma assomará.

Hoje visitarão a cidade para encontrar com um antigo amigo da família. Dormirão em camas estranhas por cima das quais haverá, decerto, uma colcha com bordados imperfeitos. Mas valerá a pena, pensa a baronesa.

Ela tosse de novo, e desta vez o som é o mesmo rumor de dezembro ao anunciar uma tempestade. Arqueia um pouco os ombros.

É cedo.

É cedo para saber, mas decidirá casar a filha com o primeiro homem que encontrar de casaca preta e broche de ouro fechando o peito da camisa: enfim, um brasileiro de modos e sotaque aportuguesados que, na roda dos homens de charutos reunida após o almoço na casa do anfitrião amigo da família, ladeada pelas mulheres que se revezam ao piano, fala sobre seu diploma de advogado.

— Em Coimbra as coisas são diferentes — ele diz, amaciando o bigode. — Mais ordenadas.

Não é alto nem é bonito, mas calça botins com verniz.

— Estou pronta — diz a filha, entrando na sala de costura. A baronesa a aguardava, inquieta. Gosta: a filha escolhera um vestido adamascado. Leva, como de costume, uma flor nos cabelos soltos. No caminho enrolará as pontas com o indicador.

CAPÍTULO 34

A reforma chegou ao andar de cima.

Os homens vieram com todas as tralhas do terreno e do rés-do-chão: pás, enxadas, picaretas, martelos, verrumas, paus, estacas, baldes, bacias. O mestre mineiro propôs, antes de tudo, cavar alguns furos na taipa e enchê-los de argamassa. Assim garantiam que as paredes não fossem desabar. Começaram no pavilhão direito do casarão, embora por vezes atravessassem para outros cantos em busca de peças que rolavam. Outros faziam o mesmo serviço nas paredes de fora.

— Agora, sim, parecem trabalhar — mãe aprovou.

Na mesma tarde, coincidência ou não, o quadro do Senhor Rei D. Pedro II reapareceu. Encontraram-no encostado em outra alcova sem janela.

Pai não soube: estava em viagem. Quando voltou, quis levar o retrato às pressas à biblioteca para pendurá-lo na parede com arame e verruma. Mas primeiro teria de remover uma estante inteira e deslocar os livros, avulsos ou em caixas, a outros cômodos, de modo a abrir espaço. Antes, ainda teria de limpar o quadro, e bem. Começou afastando como pôde os papéis da escrivaninha e apoiando o retrato à frente de algumas colunas de livros para, enfim, limpá-lo.

Aparecida tocou à porta. Com a respiração rápida por ter subido as escadas, perguntou:

— Onde é que fica o mar?

Pai examinava a tela, em busca de algum sinal de estrago na pintura.

— Está mais branca, não acha? — disse, vasculhando o quadro. Recuou três passos, retirou o monóculo: — À barba, me refiro.

A menina entrou, coçando os olhos. Havia mais livros socados nas prateleiras, pai os devia ter comprado na última viagem à cidade. O quadro do rei lhe pareceu maior; tão grande que perto dele a menina se sentiu diminuir como as flores do tapete que não terminara. Nos bolsos eram sempre maiores, mas no chão — no chão as flores ficavam pequenas.

— Pois eu também concordo — disse pai, antes de a menina responder. Queixou-se e foi pegar um pincel na gaveta da escrivaninha. Os pedreiros danificaram o retrato, conjeturou. Estava convencido de que o fizeram de propósito, para gozar da monarquia. Depois devem tê-lo largado em um lugar qualquer.

— Porque mãe falou que os castelos ficam sempre no alto. Para fugir do mar — retoma Aparecida.

Pai virou-se à menina. Então mãe também sabia de castelos?

— Dos maiores.

Pai segurou firme o cabo do pincel diante do quadro. Mas se mãe nunca se moveu do vale, nem do Brasil, ele disse. A maior viagem que fez foi ao conhecê-lo, a ele, que voltara de Coimbra alguns meses antes. Devia tê-los visto, os castelos, nos livros. Via a filha como os livros eram importantes?

Aparecida falou que preferia palácios a castelos: — São mais bonitos.

— Bonitos, mas menos seguros — pai disse.

Espalhou as cerdas secas pela barba do rei. As pinceladas lhe saíam duras. Se mãe sabia assim tanto de castelos, que a menina lhe fosse perguntar o que acontecera ao de São Jorge, em Lisboa. Seguiu dispersando a sujeira da tela. Ganhou distância, guardou o pincel no bolso.

— O rei está melhor, assim? — perguntou à menina.

— Está.

Pois ele discordava. Continuava branca demais, a barba. Velha demais. Retomou as pinceladas.

Aparecida desceu e encontrou mãe. Duas criadas a seguiam, carregando lençóis. De dentro de uma alcova soou o martelar dos pedreiros. A menina perguntou sobre São Jorge.

— Foi um mártir — mãe respondeu. — Morreu lutando, como nós neste casarão.

CAPÍTULO 35

O doutor, de cabeça baixa, economizou as palavras:

— É complicado.

Mãe pediu mais detalhes.

— Como deve perceber... — ele falou, interrompendo-se. O pó estava arrasando os pulmões da baronesa.

Mãe não se conteve. Se era justamente pela avó que faziam isso tudo, e mais!

— Ainda se fossem somente os pulmões — lamentou o doutor. Qualquer um que passasse o dia ouvindo tanto barulho perderia o juízo. Ele tapou as orelhas com as mãos.

Ela discordava: o barulho não era assim tanto, tinha de ver com um novo método, mais rápido, contra as infiltrações; e a avó — bem, ela já não escutava lá muito, pela idade. O que se podia fazer?

— Nada, além de esperar.

Dizendo isso, o médico receitou o de sempre: xarope, alho e marmelo. À mãe, chá de cidreira: — Caso os ânimos continuem exaltados — explicou.

Ela não gostou da observação. Se ele a via assim, naquele estado, com as mãos um pouco trêmulas, o fôlego em falta, era porque subira três vezes as escadas antes de o doutor chegar.

— Fui atrás das criadas — disse. Elas sempre faziam mal o trabalho.

À porta, o doutor fez alguns rodeios e, com uma mão na algibeira para disfarçar a notícia, estacou. Disse à senhora para não se esquecer de dar ar fresco à baronesa. Se pudesse, que mandasse também vir um padre. Lamentou de novo, e saiu.

Mãe ficou a mastigar as palavras do médico e, depois de errar pela sala, chamou a criada. Ninguém respondeu. Encontrou-a lavando roupa no tanque de cantaria do pátio, onde outrora servia de lava-pés dos escravos.

Nanan, de joelhos, soergueu o rosto ao ouvir seu nome. Franziu o cenho contra o sol forte. Era quase verão. Mãe varreu a cara da mulher com os olhos, esmiuçando a meia-lua na sobrancelha. Era uma cicatriz pequena, alguém desatento não notaria. Horrível, pensou. Uma vidente. Avançou mais um passo e falou:

— Pode dizer.

Mãe sentiu-se fraca e constrangida. Mas prosseguiu, aumentando a voz:

— Se for morte, pode dizer.

Nanan não respondeu, agarrada à roupa branca com mãos cheias de espuma.

Mãe deu-se por satisfeita. O silêncio, decerto, significava bom agouro. No entanto, tomou uma decisão: resolveu que o quarto da avó seria o primeiro a ficar pronto. Mandou arrumarem as paredes e ampliarem a janela, vedando-a com balaústres. Mais um pouco e tudo estaria resolvido. Para isso teriam, primeiro, de remover a avó para outro cômodo.

— Se a senhora assim mandou... — o mestre de obras respondeu, ao ser informado.

CAPÍTULO 36

A velha blasfemou palavras indecifráveis quando a foram buscar, e atirou a caneca em um dos pedreiros. Não quis levantar, ou não pôde. Estava fraca demais. Levaram-na assim mesmo, erguendo o catre de pau torneado pelo suporte de madeira.

Montou-se um corredor de pessoas em frente ao quarto, curiosas por verem a antiga baronesa que nunca mais apareceu à janela. Quando ela passou, o corpo seco envolto em lençóis, muitos viraram-se, tapando os olhos e a boca. Aparecida perdeu o evento pela baixa estatura. Notou apenas o braço, magro e com grossas veias azuis, levantar para pedir alguma coisa. A barra do lençol ficou arrastando no chão, levando junto a poeira branca.

Os homens, com lenços para tapar o nariz, entraram no velho quarto. Aparecida foi junto. Ávida por ver como era o lugar onde morava a avó. Mas o aposento estava vazio: não havia sofá, cama, armário. A mobília resumia-se a um chão de madeira circundado por quatro paredes, com duas cadeiras dispersas e uma estreita consola no canto. Sem tapetes ou cortinas. Do quarto saía o cheiro forte de velhice e se viam manchas escuras que encardiram o chão de madeira.

CAPÍTULO 37

Pai tenta escrever. Tum, tum. Vai à janela. O barulho é insuportável. Mal-educados, aqueles pedreiros. Podiam ao menos fazer mais silêncio. Impossível concentrar-se assim na escrita. Volta à escrivaninha e assinala a virtude "temperança" no caderno com a Tábua das Virtudes.

CAPÍTULO 38

— É verdade ou não, Aparecida? — pai perguntou.

A menina não respondeu.

Mãe interveio. Se fosse mentira, a filha teria se defendido. Ela mesma quem viu a menina, viu com os próprios olhos que Deus lhe dera, entrar no quarto da avó e ficar lá brincando. Foi ou não foi?

A menina, com as unhas sujas de terra, olhava o prato de feijão preto com toucinho. Balançou os pés por baixo da mesa.

— Deixe lá, talvez não tenha percebido — pai disse, juntando à comida farinha de mandioca.

Mãe ralhou mais uma vez com a menina. Queria ficar doente como a avó? Sabia que a tosse se espalhava? Pelo corpo, os ossos, os pulmões? Era esperar para ver.

CAPÍTULO 39

Quando as primeiras tormentas de verão chegaram, a reforma foi suspensa. Os pedreiros ficaram na senzala, úmida e escura, sem poder trabalhar para não sujar de barro o assoalho da casa. Durante as horas quentes, em que a terra estava seca, davam voltas no terreno para espairecer, plantavam algum milho, e corriam para a senzala ao ameaçar chuva. O pagamento foi suspenso. Afinal, não trabalhavam, mas tinham casa e comida, o que, naquele fundão, era suficiente. Mãe assim dizia.

A avó seguia no quarto improvisado, cuja entrada foi bloqueada com uma estaca, e Aparecida espiava os preparativos para o novo povoado.

Essas primeiras semanas, pai as passou empunhando ora o caderno de anotações, ora o charuto, ora ambos. Andava de um lado ao outro na biblioteca a anotar novas ideias, ou mesmo no salão, entre cadeiras vazias, como se comemorando uma vitória com o alto comitê. Sequer havia pendurado na biblioteca o quadro do Senhor Rei, porque antes era preciso abrir espaço entre os livros, mas não importava, no momento: o silêncio dos próximos meses, eis o mais importante. Apenas a chuva a cair, e pai convenceu-se da analogia: as ideias também lhe cairiam no colo, no caderno, nos pés, das cinzas do tabaco e dos goles de café, por onde passasse. Sua obra maestra avançava.

A casa voltou a ser, acima de tudo, silenciosa.

CAPÍTULO 40

— Talvez me tenha desacostumado — lamentou pai para si.

Mesmo com o recente silêncio, ele não conseguiu avançar muito na escrita. Investia soma considerável de tempo a fazer revisões. Temendo não ser possível completar a obra em vida, tornou-se enfim adepto de um método muito particular: consistia em escrever as frases definitivamente. Não havia correções. A sentença, como saísse, deveria ficar. Daí que demorasse quase duas horas para completar uma frase sem predicado.

CAPÍTULO 41

A casa um dia encheu. Era a morte. Mãe estirada no quarto, choro desmamado, acusando Deus de traição, e a mucama, de bruxaria. Pai tentou levantá-la pelos braços, para cair de novo junto dela. Levantou-se e pediu às criadas para adoçarem mais água, se beija-flor não chorava era porque tinha bico de açúcar.

— Dura, dura. Como osso — relatou mais tarde Nanan. Falou diante de pai, enquanto ele lhe inquiria os pormenores da defunta.

Tinha sido de manhã, ao entrar no quarto para desamarrar a velha — o costume de prender os velhos às camas para não caírem com a inclinação do terreno. Nanan notou algo estranho: a baronesa estava quieta demais. Então, deixou a bandeja com café e frutas sobre o aparador e foi para perto dela. Enquanto desenlaçava as cordas, cutucou-lhe o corpo. Ela não se mexeu. Pensou que estivesse dormindo.

— Porque é dessas que dorme, ronca, e não acorda — disse.

Pai, impaciente, pediu para prosseguir.

A criada retomou. Disse ter estranhado tamanho silêncio: a baronesa sequer roncava. O lenço onde tossia estava sujo, caído ao lado do travesseiro.

Mãe desatou a chorar de novo: devia ter sofrido muito. Muitíssimo.

— Sofreu? — pai interveio, aguçando os olhos à criada.

A mucama não soube responder.

Ele especificou: se a viu chorar, gritar socorro, pedir ajuda, espernear, debater-se.

— Não, senhor. Estava dormindo.

Se dormia, então não estaria morta.

— Não, senhor. Estava morta.

Um contrassenso, segundo pai. Ou estava viva ou morta. Ou dormia ou morria. Ou seja, se dormia, era porque respirava. Se respirava, era porque vivia. Viva ou morta. Não podia acumular ambos estados.

Nanan embaralhou-se. Não soube responder.

Pai virou-se à mãe, sacudindo levemente os ombros dela, e disse:

— É uma questão de lógica: morreu enquanto dormia.

Nanan, com as mãos sobre o avental de algodão, concordou: — É isso o que eu quis dizer, senhor.

Depois, pediu licença e saiu.

Ele soergueu mãe pelos braços e a deitou na cama. Sentou-se ao lado. Disse que morrer durante o sono era sinal de bom agouro; que não houve sofrimento algum; e que a baronesa, enfim, vivera bastante. Mãe chorava porque o padre não viera a tempo para os sacramentos; porque também seu pai, o barão, ficou sem a extrema-unção e terá sido por isso que toda a fazenda arruinou-se; porque a criada feiticeira sabia que, desde o início, tudo ia acabar mal, mas não lhe disse nada; porque a reforma ia a passos de formiga e por isso a baronesa sucumbiu pelo desgosto de ver sua própria casa ruir.

Aparecida veio à porta. De ver mãe lamentar, seu coração ficou moído. Pai chamou a filha, abraçou-a:

— Não se preocupe. A avó está no Céu.

Ele se encarregou de tudo: de próprio punho, escreveu as cartas que chegariam às demais filhas da baronesa, e publicou no jornal um anúncio de sete linhas em francês. Levou a tarde inteira para redigir os documentos, garantindo que fossem entregues sem qualquer erro ortográfico. Pediu às criadas que escolhessem uma mortalha branca e mandou comprarem na cidade o esquife.

O corpo esperou três noites pela chegada de toda a família. Ficou no quarto, onde o especialista em vestir defuntos o arrumou e embalsamou. Houve queima de velas e círculo de rezas. Mãe chorava. Às dez horas da noite do último dia, reuniam-se na sala, em volta do caixão fechado, o padre, as outras sete filhas da defunta baronesa com seus maridos, de lenços e casacas pretas, pai, mãe, Aparecida e, como dizem que um enterro muito chorado, grande fama adquire, dez carpideiras e rezadeiras a contrato.

— Do jeito de Portugal — pensou pai, aprovando as pessoas ao redor. — Um pouco menos solene, talvez.

Saíram em marcha às doze do dia seguinte, quando o sol estava no seu auge.

— Para evitar a chuva do fim de tarde — explicou mãe ao padre, apoiada nos ombros das rezadeiras.

Todas as tias que nunca se viam, agora zelando o desvario. Formaram uma fila tão longa atrás do caixão, erguido pelos pedreiros, que Aparecida soube se tratar, desta vez, de uma procissão. As criadas iam ao lado, segurando sombrinhas para proteger os patrões do sol.

À falta de uma capela, enterraram a avó na desertidão do vale, na banda de cá das suas terras.

CAPÍTULO 42

Aparecida se meteu em ideias fixas, só pensava na cara distorcida da avó. A cara murcha e pálida de passarinho quando nasce. Embrulhada na caixa escura sobre a mesa, cheia de flores, não era presente. Parecia assombração. A avó desaparecida em meio às roupas de linho que disfarçavam a magreza.

Também não gostou das tias. Nenhuma lhe trouxe prendas. Eram todas altas e não abaixaram para fazer mimos à menina. Ainda na porta, espantaram-se com as paredes, as cadeiras, os vidros rotos das janelas.

— Que tragédia — iam dizendo conforme atravessavam os cômodos da casa.

Ocuparam as cadeiras de palhinha com olhos de espanto. Ficaram apenas uma noite, insones, e partiram todas, juntas, depois do enterro.

— Uma jacuba, um licor de cacau, uma rede para descanso? — pai oferecia.

Não aceitaram.

— O que fizeram ao anjo pintado na parede do saguão? — perguntou uma delas.

Pai examinou as paredes: — É verdade — disse — aqui havia um afresco de anjo. A tinta talvez estivesse descascando.

Os tios, por outra parte, eram baixinhos e gordos.

Todos eles comentaram que era bom o caixão estar fechado, não apenas pela doença, mas porque assim a menina não se assustava com a morte e guardava boas lembranças da avó. Mas a menina já a tinha visto antes, junto do especialista. Ninguém pôde aceder ao quarto onde ajeitaram a baronesa. Aparecida, que era muito branca e quieta, e cujos cabelos pretos já estavam tingidos de caliça pela metade, entrou sem fazer barulho e misturou-se ao branco das paredes, em cima de uma cadeira. Respirou pela boca, e apesar disso entraram-lhe pelas narinas ondas pestilentas de morte.

O especialista e seu ajudante, dois tipos calvos e de gestos compassados, trabalharam com um lenço amarrado na cabeça, tapando a boca e o nariz. Limparam o corpo da defunta com um banho de infusão especial e perfumes. Tomaram o cuidado de deixar as partes íntimas cobertas com panos de algodão.

— Dobre o braço, dona baronesa — falou o especialista, tomando nas mãos o braço da falecida.

Aparecida assombrou-se: parecia-lhe que a avó de fato o obedecia.

— Veste esta mortalha, quem mandou foi Deus.

— Deixe ver o pé, dona baronesa.

— Vire para este lado, Excelência.

A todos os pedidos, Aparecida testemunhou com susto a obediência da avó: ela vestiu a mortalha, as meias, os sapatos, as luvas, o véu. Entre uma peça e outra, o ajudante entoou uma longa prece com rimas.

Deram sete nós no cordão da mortalha, rezando um Pai Nosso e uma Ave Maria para cada nó. Por fim, puseram um crucifixo no pescoço da senhora e a meteram no esquife, preenchendo as laterais com flores e tecidos brancos. Antes de fechar o caixão, o ajudante pintou de rosa as bochechas da defunta.

Quando levaram a tumba à sala, as mulheres da família não haviam chegado, mas as contratadas estavam a postos, rezando benditos e incelências, e chorando em alta voz.

— Foi boa pessoa — uma delas disse.

— Deve ter sido — outra concordou.

Aparecida teve vergonha de não chorar. Durante as noites de velório permaneceu dormida na cadeira, e de dia um sono movediço arrastava-lhe as pestanas para baixo. Queria sair, subir na mangueira, jogar milho às galinhas, catar alecrim. Mas a avó não podia ficar sozinha, diziam. Seria presa fácil do diabo, e por isso Aparecida fazia força por manter os olhos abertos, e mais força para segurar a vela acesa que pai lhe entregara. De tempos em tempos despertava de repente por um pranto mais agudo que o habitual: era o choro de mãe, a dizer que a morte — a morte era o nunca.

No cortejo do enterro, o padre foi à frente. Lamentou que seu ajudante, o sacristão ruivo e de sardas que por tantos anos o ajudara, tivesse abandonado o celibato.

— Casou-se com uma prima — disse. — Eu presidi a cerimônia.

Pai pensou que um padre servia para tudo: ocasiões fúnebres e esponsais.

— Agora já ninguém me traz balas de menta — disse o padre.

As carpideiras seguiram com os lamentos, por vezes tinham de assoar o nariz nos lenços que traziam consigo. Ao chegarem ao pé da cova aberta, acumularam todavia mais força, contorceram a voz e o pescoço, girando os cabelos em redemoinho, espicaçando a terra com o bico dos pés atormentados, até flagelar os dedos. Por fim, abriram os braços para o alto, clamando piedade.

Todos soluçaram, menos Aparecida. Por acaso perceberiam? Escondida entre as saias pretas das mulheres, ficou a lembrar da cara enrugada da avó durante toda a cerimônia. Até quando mãe, após a primeira leva de terra cair sobre o caixão disposto dentro da cova, ajoelhou-se e gritou para dentro do buraco, as mãos agarradas à ribanceira. O lamento de mãe ouviu-se alto, tão alto que todas as carpideiras calaram-se.

CAPÍTULO 43

O verão encheu de brincos a mangueira.

Mas naquele ano — naquele ano o calor foi muito grande e as mangas mudaram de cor rápido demais. Não houve mãos suficientes para a colheita. Aparecida se esforçou em agarrar as mangas. Inútil: os brincos eram muitos, e pesados.

CAPÍTULO 44

Não se soube quem nomeou mãe culpada pela morte da baronesa, ou se foi ela mesma que assim o fez por não vigiar bem os pulmões da velha. Apesar de a avó contar setenta e quatro anos, mãe disse que morreu antes da hora. Também falou que bem no passado se diminuía idade a fim de desposar homem mais novo. Para encolher sua culpa, mãe, por fim, enumerou nova idade: Aparecida Adelina chegou aos oitenta. E assim foi, e ficou sendo.

Nos dias que se seguiram ao enterro, percorreu casas e vilas, perguntando idade do mais velho dos parentes vivos. Nenhum haveria de ultrapassar a da baronesa. Àqueles que desobedeciam, ela arrumou um jeito de extraviar:

— Naquela época anotavam idade toda torta, mentida.

Regressava à casa com o cocheiro, para sentar-se na rede do alpendre até o céu turvar. O mar virou de ponta-cabeça, dizia no fim da tarde, correndo para dentro, enquanto o aguaceiro estilhaçava o vale. Chamava os santos e percorria o terço: a casa vai desabar, mais uma chuva e tudo cai. Aparecida ouvia as janelas baterem, escondida detrás de caixas e móveis.

Quando já não havia ninguém a quem perguntar a idade, mãe errou pelo terreno da fazenda, entre entulhos e capim alto. Começou a dizer que a mangueira era árvore do capeta, ela mesma viu as pretas dançarem em volta do tronco uma vez. Por medo, não chegou mais perto da árvore: circulava ao redor, apontando as mangas abertas no chão. Amarelas.

Quanto mais forte o sol pisoteava seus cabelos, mais a fala de mãe acelerava. Ela esquecia-se das vírgulas e dos pontos, era apenas exclamação Faz favor derrubar essa árvore do diabo Onde está a caixa de cabiúna Faz favor de levantar uma parede nesta esquina aqui assim que o verão passar Todos estão morrendo A casa vai ficar sozinha queimada pelo sol invadida pela chuva e sozinha até cair Será o nunca o nunca o nunca mais. Os outros tinham de pedir Fale mais baixo por favor, os pedreiros pediam Mais devagar senhora, a criada dizia Não consigo entender o que essa mulher diz Ela tem a língua estrebuchada.

Ao cabo de algum tempo estatelou-se de cansaço e, nessa posição de taquicardia, pernas e braços esticados, dormiu por três semanas.

Depois calou-se de vez.

CAPÍTULO 45

O que era o nunca?

— Um advérbio — disse pai.

CAPÍTULO 46

Os dois quartos da avó, o antigo e o último, abrem as janelas à fazenda. O primeiro está perto da mangueira, e o outro, no pavilhão direito.

— Tlec, tlec, trac — a menina, no quintal, imita o ruído das persianas da janela que batem por força do vento.

Olha o buraco na parede de um lado, depois do outro. As janelas estão abertas, faz calor, mas a avó não assoma.

— Quedê? — grita com as mãos em concha ao redor da boca. A avó a jogar suas preces?

O peito dói.

Vira-se para o céu: — Olha como sou grande! — diz, imitando-se árvore, na ponta dos pés.

Ninguém responde.

CAPÍTULO 47

O primeiro era sempre mais difícil, de acordo com pai.

— Depois o nível de dificuldade efetua um declínio bastante notável — ele diz em frente à mulher, sentada na beira da cama.

Segura as suas mãos, faz força para erguê-la. Mãe levanta-se.

— Excelente — ele diz. Agora ela tinha de dar o primeiro passo. Ele afrouxa as mãos.

Mãe não se mexe.

— Eu mostro — pai diz. Solta as mãos, vai ao lado da mulher. Levanta um joelho. Avança um passo à frente, devagar: — É assim.

Recua. Ampara a mulher pela cintura com o braço esquerdo. Trespassa o braço direito dela por cima do seu ombro.

— Basta um passo — diz — Apenas um.

Mãe escorrega e volta a deitar-se na cama. Encolhe-se em concha, os joelhos dobrados.

CAPÍTULO 48

Glória.

Mãe está muda. Aparecida, na beira da cama, sacode-lhe a mão.

— Glória ao Pai — repete a menina.

Mãe desperta: — Ao Pai.

Emudece de novo.

A menina prossegue: — Assim no princípio como era.

Mãe, deitada na cama, fecha os olhos. Aparecida a cutuca:

— E sempre, sempre — diz.

Pede para mãe repetir.

Mãe não repete.

A menina repete. *Sempre.*

O peito dói. Emenda outra reza.

CAPÍTULO 49

A criada toca à porta da biblioteca. Pergunta o que fazer para o almoço.

— Não sei — diz pai. Qualquer coisa servia.

— Ovos e couve?

Sim, podia ser.

A criada pede licença e se retira. Pai reflete um momento. Levanta-se, deixando o caderno sobre a escrivaninha. Chama a criada. A couve era daquelas de folhas grandes?

— Sim.

Pai pensa um pouco. Era, digamos, muito verde, com estrias?

— Assim.

Pois daquelas ele não gostava. Tinha feijão?

— Um pouco — diz.

Ele gostou da ideia. Mandou preparar feijão. Despediu-se, fechando a porta. Sentou-se de novo. Lembrou-se:

— Pensando bem, couve é compatível com feijão — diz, em pé, ao abrir a porta. A filha gostava de couve, então podia servir os dois, feijão e couve, no almoço.

A criada concorda. Retira-se. Pai senta-se novamente. Logo lhe vem um incômodo: faltava algo. Chamou a criada. Ela não escutou. Pai a apanhou no fim da escada:

— E um toucinho embrulhado na folha de couve, tem?

Não tinha.

— E rolete de cana, tem?

Não tinha. Podia fazer.

— Pois faça. E junte também uns milhos assados — diz.

A criada perguntou se era tudo para a mesma ceia.

— Sim, sim — ele respondeu.

Mudou de opinião de novo, e outras vezes.

O almoço foi servido quando entrava a noite, com o de sempre: ovos e couve.

— Fazem tudo errado, as criadas — concluiu pai, enquanto lhes pedia os guardanapos de pano que haviam esquecido de pôr à mesa.

CAPÍTULO 50

Aparecida acordou no meio da noite e de repente soube: o nunca é essa dor no peito.

Correu ao quarto dos pais: queria dizê-lo para a dor passar. A luz fraca da candeia embrenhava-se por baixo da porta fechada. Ouviu o choro de mãe. Não ousou entrar.

CAPÍTULO 51

Fazia calor. A menina amaciou a petúnia roxa que sapecava ao sol. Tadinha, estava murcha. Arredondou as mãos em concha e fez sombra à flor. Quando se cansou, foi para onde os homens de braços descobertos esvaziavam os baldes antes do verão. Chovera durante a noite, ainda havia poças de barro entre um entulho e outro. Passeando pelo terreno, Aparecida viu-se diante de uma curiosa geografia: montanhas de pedra, cerâmica e tocos de madeira amplificaram os descampados da fazenda.

Tentou subir em um dos montes. A meio caminho, afundou os pés no buraco aberto entre os pés de uma cadeira quebrada e pedaços de azulejo. A terra de cima deslizou sobre a menina. Rápido, ela se moveu para o lado. Pisou em lascas de madeira, feriu a canela. Agachou-se, escorregou. Voltou ao chão plano. Sujas as mãos, os joelhos, a roupa.

Levantou-se.

Tomou novo impulso, correu: chegou ao cume. O lugar possuía uma vista privilegiada: dava para ver as montanhas vizinhas. Se pai lá estivesse, diria que era bom local para um castelo. Castelo, não palácio. Aparecida, que até então preferira palácios, decidiu-se pelo castelo.

— Aqui! — diz, fincando no chão uma bandeira invisível.

Estava escolhido. Antes de a ama despontar na porta atrás da menina, Aparecida teve tempo de guardar a primeira pedra no bolso. E foi assim, entre escombros e troços de azulejos, que Aparecida trocou as folhas de alecrim, laranjeira, samambaia, erva cidreira, pelos pedaços arrancados à força às paredes, amontoados no terreno.

O castelo seria grande que nem mesmo a chuva entraria nele. Mãe ficaria protegida, e todas as pessoas do novo povoado seriam para sempre.

CAPÍTULO 52

O mestre de obras pergunta quando retomariam as obras.

— Ainda não — diz pai. Não havia coisa melhor que o sossego.

CAPÍTULO 53

— Há que esperar — o padre disse à tarde, enquanto tomava café. — Um dia se levanta.

Pai preocupava-se. Ela levava dois meses daquele jeito: comia pouco, roía unhas, não queria se levantar: — Está minguando.

Mãe se recusava a ver o médico. Culpava-o pela morte da avó.

— Se ele a tivesse tratado melhor... — dissera uma vez.

Ficou trancada no quarto até o doutor partir. O padre veio depois, na semana seguinte, sozinho e sem balas de menta. Encontrou a porta do quarto encostada. Deu a bênção em mãe, rezou o Pai Nosso e falou para a senhora aceitar a vontade divina:

— Se Deus quis assim, assim foi — disse.

Mãe tornou a chorar. Aparecida estava junto, e também chorou.

— Por que chora, menina?

Ela não sabia.

Na sala, durante o chá, Aparecida perguntou:

— Quando vamos morrer? Quando sabemos?

— Não sabemos — o padre disse. — Deus é quem sabe.

A menina ficou surpresa. Como é que Deus sabia?

— Ele sabe de tudo.

A menina não acreditou. Apontou aos objetos em volta: — A cor do canapé? A altura do teto? Quantos buracos tem no assento de palhinha da cadeira?

Sim, ele sabia de tudo.

CAPÍTULO 54

Em cima do colchão, segurou a borda do catre e, de ponta-cabeça, roçando os cabelos no assoalho, espiou debaixo da cama: então Deus sabia do seu esconderijo? Mas se estavam tão bem guardadas, as pedras. Junto com o resto de folhas secas e galhos que outrora a menina costumava recolher do quintal.

Precisava de um pano para tapá-las melhor.

Abriu os armários. Retirou blusas, saias, maletas, sapatos. Encontrou entre bonecas de borracha um pano pesado e dobrado várias vezes. Esticou-o no chão, desenrolando suas dobras. Era uma colcha antiga, com cheiro de madeira velha, toda feita de retalhos. Engatinhou sobre ela para examinar os detalhes. O mundo inteiro cabia na colcha: havia quadrados azuis, vermelhos, amarelos, floridos, de bolinhas. Era linda! Teria servido de tapete à procissão. Mas agora não havia mais procissão: era o castelo que importava.

Decidiu colocá-la na cama. Esticou o pano sobre o colchão, tomando cuidado para que cobrisse também o travesseiro. Ficou de joelhos no assoalho, pousando os antebraços na madeira. Olhou para o lado, as orelhas rentes no chão: hum, via-se umas pedrinhas. Puxou um pouco a colcha para baixo. Mais um pouco. A colcha encostou no chão. Pronto! Ninguém haveria de notar as pedras debaixo da cama. Levantou-se, cruzou a cama por cima do colchão, foi ao lado oposto. Pensou. A barra da colcha estava menor naquela parte. Puxou-a para baixo. Deu a volta para o outro lado da cama. Agora aquele lado estava menor. Impossível: ou escondia um lado ou o outro. Precisava de um novo esconderijo.

CAPÍTULO 55

Pai puxou as pesadas cortinas. Ficou com os braços abertos, segurando o veludo, de costas à cama. O dia amanheceu cedo, disse.

Mãe franziu os olhos e escondeu o rosto entre os braços. Virou para o outro lado, enrolou-se em si mesma, e voltou a dormir.

CAPÍTULO 56

Aparecida roubou mais três pedras do entulho. Eram demasiado grandes: estufaram os bolsos da saia e as pontas ficaram a machucar as coxas. Segurou por baixo dos bolsos e começou a andar. Contornou o terreno, saiu do ângulo do alpendre e caminhou à clareira. Atravessou-a e foi ao monte, muito liso, que se erguia longe, depois das camélias, às costas do casarão. Lá onde o sol se punha. Chegou suada. Começou a subir. Ao meio da colina decepcionou-se: as pedras que levara no dia anterior deslizaram. Aparecida voltou ao pé do monte, retirou as pedras dos bolsos, pousou-as no chão. No caminho, encheu-os com as quatro pedras antigas que haviam deslizado, e subiu o monte. No alto, colocou as pedras no chão de novo. Nem bem havia feito o curso de volta quando uma pedra bateu-lhe no calcanhar. Aparecida virou-se: a pedra movera-se de novo, mas agora, com o pé da menina bem fincado no chão, não conseguiu passar. A segunda pedra veio baixando torta, para o lado esquerdo. Aparecida correu para segurá-la, e enquanto isso a primeira fazia sua descida. Deram todas ao pé da colina.

A menina as deixou, às novas e às velhas, amontoadas, disfarçadas com grama por cima.

CAPÍTULO 57

Pai decidiu levantá-la à força. Afastou o travesseiro, recolheu o lençol para o canto. Apoiou o joelho na borda da cama; segurou mãe no colo. Ela agarrou-se à cabeceira. Pai a puxou, e os braços dela resvalaram no aparador, derrubando o terço de madeira.

Atravessaram o quarto. Na porta de entrada, pai pediu licença à Aparecida, que lhe atrapalhava a passagem. Levou a mulher à sala de jantar, empurrando as demais portas com o bico do pé. Fez sinal às criadas para afastarem o assento. Sentou mãe na cadeira, empurrando em seguida o encosto para frente, e logo estendeu um guardanapo de pano sobre o colo dela.

Estava pronto o almoço, ele falou.

Mãe olhou em volta: pratos fundos de louça branca, copos de vidro. No centro havia um jarro de flores. Agradeceu. Mas não tinha fome.

Pai insistiu. A canjica estava ótima. Com um pouco de vontade, a fome aparecia.

A filha veio à mesa também. Achou que mãe estava magra. Aqueles cabelos lisos onde os pentes escorregavam agora estavam cheios de nós. Sentada, os longos cabelos de mãe cobriam-lhe as costas, mas ficavam os ombros à mostra e toda a região do pescoço. Em que pensava mãe, pendendo para frente? Talvez estivesse virando a princesa que virou árvore que virou lágrima.

CAPÍTULO 58

Ao pé da mangueira, a menina pediu desculpas por arrancar tantos galhos. Ficou tentado escutar a resposta. Ouviu o rugir do vento passar entre as folhas: então estava perdoada. Depois retornou ao monte, com galhos de vários tamanhos. Trouxe-os sujos, enrolados em roupas que apanhou no armário. Colocou as blusas às costas e atou as mangas à frente. Colada na relva baixa equilibrou-se para não escorregar. Começou a subir o monte. Ele estava ainda mais liso que na véspera. Deve ter sido a chuva, pensou a menina.

A saia de Aparecida era a mesma da semana anterior: a barra rasgada, o laço de cetim atrás sujo de terra.

No topo da colina, sentou-se. Estava feliz: as vistas eram ainda melhores que a das pequenas montanhas no terreno de casa. O lugar pareceu-lhe mais que um esconderijo temporário: era ideal para construir o castelo. Desamarrou os panos, abriu-os. Fincou um galho na terra, depois outro, e outro, para formar um círculo.

Desceu, encheu os bolsos com mais pedras e as levou de volta ao cume, e desta vez as colocou dentro do círculo.

CAPÍTULO 59

Pai regressou de viagem. Voltou dizendo más novas: que a cidade desertava.

— Os clientes, eles estão desaparecendo — lamentou. Estendeu a bengala e a cartola à criada.

A filha abriu a caixa que pai trazia, cheia de livros de capas duras. Deixou-a aberta.

— Algum presente para mim? — perguntou.

Com certeza. Pai retirou da caixa um tomo pesado e o deu à filha. Ela não entendeu o que dizia o título, que vinha escrito em letras douradas. Pai também trouxe um novo remédio no pequeno frasco escuro. Serviria para recuperar o ânimo de mãe:

— Espero que este tenha efeito — ele disse, avaliando o vidro na contra-luz.

Foi sentar-se na alcova dos tapetes. Apesar de o quadro do Senhor Rei já não estar mais lá — mas na biblioteca, onde pai havia retomado a fase da limpeza da barba —, os tapetes persas ainda davam um ar senhoril ao cômodo, junto à poltrona em que se costumava sentar.

Assim que a mulher melhorasse, ele teria mais tempo de arranjar uma parede livre na biblioteca para o retrato a óleo; e, por fim, retomaria com vigor sua obra maestra. Mal abriu a porta, tropeçou em um cabo de vassoura esquecido no chão. Para não cair, segurou-se no cabideiro com chapéus poeirentos, que lhe despencou em cima, e Aparecida gritou "ui" quando pai, ao recuar, pisou-lhe o pé. Em um ataque de nervos, vendo a poeira em sua camisa, no sofá, no chão, nas cortinas, o máximo que ele conseguiu dizer sobre a casa e suas paredes vazadas foi: — "Talvez pudesse ter sido de necessidade mui importante um eventual planejamento para as obras. Ou não estaríamos a viver dentro de uma ruína".

Pai o disse muito sério, tão sério que Aparecida tratou de comunicar a frase à mãe: percorreu dezoito cômodos e maçanetas, para encontrá-la enrolada em lençóis no quarto, nos fundos do casarão. Aos poucos mãe deixou de reconhecer a menina. Também aos poucos a filha passou a dizer seu nome e origem bendita e católica quando batia à porta. As palavras que guardou foram deslizando das mãos de Aparecida. Ao se aproximar, só lhe restou dizer: ruína.

CAPÍTULO 60

No começo andava devagar, para disfarçar suas intenções. Escolhia as pedras mais bonitas: em geral arredondadas, parecidas a sabonetes, pois não machucavam as pernas por baixo da saia. Mas também as de pontas, porque lembravam estrelas. Entre uma pedra e outra, ficava a adivinhar caras: algumas tinham o aspecto de homens bravos fazendo careta; outras de princesa com a coroa quebrada. Muitas desfaziam-se como farinha. Colocava-as no bolso, as pedras e o pó, girava pelo terreno para se certificar de que ninguém a visse, e caminhava à colina.

Depois começou a correr: tinha medo de não haver tempo.

O castelo precisava estar pronto antes do "nunca". Devia ser grande e forte para defender a fazenda inteira, e alto para chegar ao Céu e mãe poder conversar com a avó.

CAPÍTULO 61

Pai balança mãe na rede do alpendre.

Conta histórias dos Bragança: começa por D. João VI e D. Pedro II.

Mãe sorri.

Pai a deixa repousando na rede e vai à balaustrada. Acende um charuto. O mato se espalha como carrapato, pensa, observando a fazenda em torno. Não havia nem um mês que o cortaram. Ou dois. Tanto fazia, crescia na mesma.

Nanan se assoma ao fundo do terreno, com um balde na mão: começa a colheita do milharal. Pai a vigia. Enfim, ele troca os botins por uns sapatos velhos que deixava no alpendre. Desce as escadas de pedra.

Já está ao lado da criada.

Ela continua a labor. Abaixa, levanta.

Tem boa fé, ele pensa, mas é muito devagar. Não via que, no balde, havia milhos podres, e outros se juntavam com folhas de aipim, montes de terra?

Ele a vigia se abaixar e se levantar. Ele a segue com os olhos, e não são os olhos dela que ele busca, ou a marca de foice acima da sobrancelha: é outra coisa.

Hesita.

— Nanan, Nanan... — diz, se acercando.

Muda de ideia.

Deixa a mucama e começa a andar a esmo. As mãos um pouco trêmulas, mete-as nos bolsos. Decide então inspecionar o terreno. Já está longe quando quebra o galho seco de um arbusto e com ele espanta as moscas que varejam sobre as mangas do chão. Mandaria as criadas limparem aquelas mangas estragadas. Fediam. Logo lhe sobreveio um incômodo: as criadas faziam tudo ao contrário, não se podia pedir nada a elas. Parecia de propósito. Era exatamente como a esposa dizia. Pediria aos homens, então. Examinou a mangueira, galgando o tronco com os olhos. Estava estranha, um pouco envergada para frente. Vai ver foi pelo calor. Um verão terrível tinha sido aquele. A multidão de folhas diminuiu, e mesmo os galhos — os galhos fracos, quebradiços, davam pena. Achegou-se mais à árvore: ela estava apodrecendo.

CAPÍTULO 62

Onde moravam os olhos de Deus?

— No céu — pai disse.

A menina olhou para cima.

CAPÍTULO 63

Depois de tentar convencer a mulher a receber a visita do médico, a acreditar que a avó dormia em paz, a testar o magnetismo, o óleo de rícino, a pílula de jalapa e as soluções antinervosas de Laroyenne, pai apelou a outros subterfúgios. Trouxe da cidade um tal de Jeremias, que era culto, bem apessoado, e falava sobre espíritos:

— Eles estão aqui, mas ninguém vê — o rapaz disse.

Pai, para mostrar agudeza de visões, o deixava falar. Jeremias fazia a barba, tinha diploma, então pai deixava. Na tentativa de curar a esposa, seu catolicismo monárquico não o impediu de testar um remédio indolor.

— Vocês as duas ainda se se encontrarão nessa grandeza de mundo — o rapaz disse à mãe. Se encontro não fosse no céu seria na terra, quando o espírito da baronesa pousasse de novo na carne.

Jeremias trouxe uns livros, de mesmo título e grossura, e pediu para deixar na sala, na mesa, no armário, vai que a senhora começava a ler e se instruir que não carece de ter saudade de quem logo se encontra.

Mãe, contudo, não os leu nem acreditou em histórias de reencarnação.

CAPÍTULO 64

O círculo desfez-se. Os paus estavam tortos, alguns caídos. Muitas pedras rolaram. Tudo acabado.

Aparecida nublou-se: foi Deus. Ele quem descobriu. O segredo devia estar muito alto, perto do céu. Ainda mais perto dos olhos de Deus. Ele o viu e mandou a chuva e o vento forte para derrubar o castelo.

A menina pediu perdão por roubar as pedras das obras e por arrancar os galhos das árvores.

CAPÍTULO 65

Pai estava no alpendre quando o mestre de obras perguntou se, enfim, podia retomar a reforma:

— Três dos homens já foram embora. Vai ser difícil encontrar outros — disse. Agora a terra havia de arder de seca, podiam ajeitar as paredes.

— Ainda não, espere — disse pai. — Só mais um bocadinho.

CAPÍTULO 66

Pai acende um charuto. Do alpendre, vê um cachorro. Assobia e gesticula para espantá-lo. Ele corre.

Retorna à rede, onde mãe está deitada. Senta-se ao lado, na cadeira de pau. Abre o caderno de capa preta e anota: D. João VI, o monarca dos, dos... — estacou. Há dias engasgava com o novo método de escrita, que consistia em compor uma frase incompleta por vez, e só após completá-la com uma única escrita definitiva, passava para a próxima.

O método, de fato, não funcionava muito bem.

Pai decide dar uma volta no terreno para espairecer as ideias, com o charuto na boca e o caderno na mão esquerda. Vai tirando os botins para pôr os sapatos velhos. Mas dá-lhe preguiça. É só um passeio breve, não carece de mudar a indumentária. O prólogo avançava, era verdade. Aos poucos, mas avançava. Sai ao terreno com o ar um pouco esperançoso: não sabe dizer, contudo, se a esperança é o espanto dos derrotados. Faltava o título ao prólogo, mas tinha a certeza de que, quando viesse, traria junto os demais parágrafos.

Pai vagueia entre o mato alto. Debaixo da mangueira, dois cachorros vasculham restos do chão. As mangas não estão mais amarelas — mas pretas, rançosas. Antes de pai gritar para espantá-los, já são três. Corre atrás deles, esconjura-os, o charuto cai da boca e, no meio do pânico, atira o caderno aos cães.

— Diabos!

Eles fogem.

Pai se acerca e recolhe com desgosto o caderno amassado. Maldiz a mangueira, os cães, a sujeira nos botins envernizados, a reforma que mesmo depois de suspensa causava tanta imundície.

CAPÍTULO 67

A menina repôs os paus em seus lugares, cavando novos furos na terra. Talvez Deus não tenha visto o segredo, talvez tenha somente espirrado. Ou tossido. Trataria agora de esconder bem seu castelo. Cobriu as pedras com mato: não adiantou. A grama e as folhas que arrancou das beiradas da colina dispersavam rápido com o vento. Resolveu colocar sobre as pedras uma fronha. Voou. Pôs um lençol, mas os paus inclinaram com o peso do pano.

CAPÍTULO 69

Vieram os homens e seus machados. Nem eram precisos tantos. Derrubaram a árvore à primeira hora da manhã. Pai notou que a raiva se havia acumulado nos braços e nos beiços deles, que limpavam o suor nas mangas das camisetas e falavam alto. Em trinta e dois golpes abateram todas as folhas que por anos fizeram sombra às mulheres. A mangueira estava sendo devorada por dentro.

— Como ninguém notou antes? — perguntou.

— Porque esses bichos são invisíveis — disse um dos pedreiros, apontando cupins que despontavam de dentro do tronco. Só se deixavam ver depois de dar cabo de tudo.

A menina descobriria depois, quando fosse ao pé da mangueira conversar para espantar a tristeza, a dela e a de mãe, a dela porque a de mãe, e sujasse os pés pequenos nos restos de vida que pairavam entre os estilhaços de madeira seca. Aparecida apontaria àquelas formigas grandes e com asas que ziguezagueavam, desordenadas, fugindo da fogueira que levantara uma nuvem negra, fazendo o dia se parecer à noite, mas que agora eram cinzas,

cinzas e algumas formigas na terra e no toco de madeira que sobrara, rebelde, fincado no chão. A menina ainda vagaria pela fazenda à procura da árvore, para encontrá--la nas montanhas de entulho do terreno, partida em mil nacos, muitos mais que os retalhos da colcha da cama.

CAPÍTULO 70

Mãe olhava longe, aquele olhar mareado, aquela que sempre foi a brisa do devaneio, mas que em começo se confunde com seriedade. Mãe era o mar inteiro. Quando começou a se levantar da cama sozinha, andava ao léu durante a noite, chamando as coisas por nomes que não existiam, coando café e, sem notar, se queimando na água quente. De manhã, se perdia pelos cantos, estando sempre em todos os cantos.

— Se mãe for embora, a menina vai morar em internato — pai advertiu à menina.

Aparecida teve medo: pensou que mãe podia ir a qualquer momento, e no segundo e meio distraído trombaria com o quarto vazio, somente pai estirado no meio, chamando alto mais um desertor. Passou a temer qualquer despedida. Deixou de dar boa noite e, pelas manhãs, quando saía escondida ao monte, depois de pentear mãe, nada dizia. Se mãe falasse até breve, a menina não saberia calcular o próprio regresso. Quanto tempo dura um até breve?

CAPÍTULO 71

A barba do Senhor Rei continuava branca, mas ao menos agora estava limpa. Já era a hora de pregar o quadro à parede da biblioteca. Pai arregaçou as mangas da camisa e, em cima de um banco de pau, retirou os últimos livros. Desceu com a pilha nas mãos e a dispôs em caixas. Levaria-as ao pavimento de baixo. Foi difícil escolher qual estante retirar da biblioteca. Pensou primeiro na seção de Biologia. De repente lhe pareceu que uma biblioteca sem a taxonomia da flora era antinatural. Ao se decidir pela seção de Cartas Magnas, logo recuou: uma visita solene que ali entrasse pensaria estar diante de uma típica biblioteca provinciana. Acabou optando pelo método mais simples: retirar a estante onde melhor se adequaria o retrato do Senhor Rei. Afinal, era por isso que buscava mais espaço. O quadro ficaria no lugar da oitava estante à direita, contando a partir da porta de entrada, em frente à escrivaninha. Pai teria mais inspiração e companhia para escrever sua obra sobre a monarquia.

Mas, antes, teria de terminar um prólogo sobre D. João VI.

— O monarca dos mais pobres — pensou pai. Que seja.

Tinha pressa. Anotou no caderno de capa negra, com a letra em garranchos. Hoje a virtude da fé o levara às alturas.

Puxou a estante pelas bordas das prateleiras vazias. O móvel quase tombou sobre ele. Era pesado, mesmo sem livros. Agarrou-se nele com força e o arrastou até trombar na mesa, atrás. Moveu-o pela lateral e o empurrou para a porta. Mandaria levá-lo para baixo.

Ao se virar para o vão aberto na parede pela retirada da estante, franziu as sobrancelhas. Não podia ser. Colocou o monóculo para se certificar. Tentou afastar a estante do lado, e com o tranco alguns livros caíram. Pesada demais. Retirou os tomos que pôde, aos montes, deixando eles no chão ou os metendo em cima de outros livros nas outras estantes. Arrastou o móvel. Tomou distância e olhou as paredes.

Não seria de todo um absurdo se dissesse que, sim, as paredes estavam velhas. E com frestas.

CAPÍTULO 72

Leia um livro, costure uma toalha, escreva uma carta, pelo amor de Deus se segure no mundo, pai dizia. E mãe não segurava, vai ver perdeu as estribeiras.

CAPÍTULO 73

Pai disse que a montanha mais alta que existia não ficava na fazenda, mas do outro lado do mundo.

Aparecida não gostou. Então aquela montanha que ela descobrira não era assim tão alta! Decidiu, por isso, não mais tampar o castelo. Se a montanha era mesmo pequena, não haveria com que se preocupar: Deus era um velhinho e velhinhos não enxergam de longe.

CAPÍTULO 74

— E depois?

— Depois o macaco disse adeus para seus irmãos e ele foi subindo, subindo naquela escada, até chegar na lua.

— E depois?

— E depois chegou. Conheceu a lua.

— E depois?

— E depois fez sinal para os irmãos porque queria descer, mas ninguém ouviu. Está lá em cima até hoje.

— E depois?

— E depois acabou, menina.

Aparecida escuta. Nanan encurta a história. A noite a estende, e Aparecida fica imaginando a solidão do macaco.

CAPÍTULO 75

Pai começou a dizer que as paredes estavam caducas. Já havia afastado sete estantes, os livros se aglomeravam no chão da biblioteca, uns sobre os outros, os de História geral aos de História marítima, biografias de monarcas às de santos. Não era possível. Aquelas fendas nas paredes, pequenos traços pretos na taipa branca e caiada, e algumas manchas que não eram de tinta, eram de água, nas paredes em pé de batalha.

Foi chamar a mulher.

Encontrou-a de costas, sentada no canto de um quarto sem janela. Aparecida lhe penteava o cabelo.

Com a voz nebulosa de quem declama uma elegia, pai estacou, as mãos derrotadas na algibeira. Se D. João VI assumira o trono quando a rainha enlouqueceu, não lhe restava, a si, outro caminho, senão empunhar a reforma.

— Retomemos, enfim, as obras — anunciou.

Era já o fim do outono.

CAPÍTULO 76

O mestre de obras falou que a argamassa não funcionara, precisariam refazer, inteiras, algumas paredes de pilão, depois passariam aos telhados. Aproveitariam a época de estiagem.

Pai aceitou.

Depois partiu à cidade para ver se encontrava algum cliente. Nada. Às pessoas interessavam apenas revistas ilustradas. Voltou com um livro escondido dentro da sobrecasaca: *Memórias sobre a fundação de uma fazenda na Província do Rio de Janeiro*. Não queria que soubessem, mas se algo havia de aprender sobre como recuperar um casarão, seria com o barão de Pati do Alferes. Apesar de o ilustre ser antiescravista, pai o invejava: acumulou dois diplomas como exímio estudante de Direito, um em Paris, outro em Roma.

O livro, no entanto, era maçante.

Pai estacou logo à primeira lição sobre como aumentar a colheita de café com o uso de toldos: feitos com algodão grosso de Minas, cada um com vinte e cinco varas e vinte palmos em quadra, ficando no meio uma abertura até metade do pano, guarnecida de um lado com tiras de sola, na qual tem um pau preso em arganéis de corda, cujas pontas prendem em dois bocais feitos da mesma sola, e que enfim serviam para enfiar no pé do café, sendo que em cada ponta do toldo está presa uma corda de linho, de oitavo de polegada com oito palmos de comprido.

Passou às páginas seguintes. Grifou as recomendações de como amolar foices usando um rebolo com pedra de três palmos de diâmetro sobre o cocho e, em seguida, vagou pelas instruções sobre cultura de mandioca, cará, guandos, inhame, mangaritos, cabras e ovelhas.

— Chatice!

CAPÍTULO 77

Primeiro tentaram que mãe fizesse tricô. Teria de ser no alpendre, por causa do vento ligeiro que às vezes passeava pelo vale, esfriando peles e rachando lábios. Deram-lhe o novelo, as agulhas. O novelo era rosa, as agulhas, duas. Mãe ficou com todo o material no colo.

Nanan sugeriu: que fizesse um cachecol, uma manta.

— Uma colcha — disse a menina. — Melhor: uma flor?

Qualquer coisa.

Porque já fazia calor e a tarde começava a sufocar, acharam melhor o bordado. Deram-lhe pano, linhas, agulha. O pano era branco, as linhas, vermelhas, e a agulha, prateada. Mãe ficou com todo o material no colo, e quando levantou para ir ao banheiro, deixou tudo cair no chão. Aparecida abaixou para apanhar, e nesse gesto furou o dedo com a agulha.

CAPÍTULO 78

O que pai precisava era saber sobre arquitetura — e não inhame, milho, mandioca. Para isso, fez encomendas, pedidos e viagens a São Paulo e ao Rio de Janeiro, e visitou colecionadores de livros nos povoados entre as duas cidades. Foi assim, passando por Taubaté, Pindamonhangaba, Volta Redonda e Resende, como quem passa pelos hibérnico-saxões, merovíngios, carolíngios e manuelinos, que pai chegou ao Renascimento ao adquirir um exeplar do primeiro tomo de *De re aedificatoria*, de Leon Battista, o Florentino, mais conhecido como Alberti. Causou-lhe grande impacto o prólogo de Angelo Poliziano, apesar de ser curto. Alberti pareceu-lhe um modelo a seguir: não havia qualquer campo de estudo, por mais distante que fosse, que escapasse à sua atenção. Buscou avidamente o livro III, que tratava das construções, mas só encontrou o IV, sobre obras públicas.

A partir de Alberti, foi dar à Antiguidade Clássica com Vitruvio e, deste, retornou aos renascentistas pelas páginas de *La idea dell'architettura universale*, de

Scamozzi. De aí passou a contemplar colunas e fachadas, enquanto os pedreiros demoliam paredes e levantavam muros.

CAPÍTULO 79

A carta chegou pelas mãos de um homem de recados, para mãe. Era curta, coisa de uma linha:

Aguardo uma resposta, antes de tomar as medidas adequadas.

Quem assinava era a irmã mais velha.

Pai leu a mensagem e, sem entendê-la, subiu à biblioteca para prosseguir a pesquisa sobre arquitetura renascentista.

CAPÍTULO 80

Ainda não haviam terminado de secar as paredes laterais do pavilhão esquerdo, e pai estava aflito com a futura fachada. Passou duas semanas em dúvida entre fazer uma envazadura em arco abatido, situando uma escada em caracol de cada lado, ou um frontão com frisos ornamentais, combinando com o interior do casarão, que pretendia decorar com estuque e afrescos à moda renascentista. Afrescos melhores que os de Villaronga, que tanto encantou as pessoas de bom gosto para os lados do Rio de Janeiro. Mas quem sabe não repartia o frontispício em três painéis com pilastras salientes na taipa?

— Ficará a parecer um verdadeiro palácio — disse, entusiasmado, ao mestre de obras.

CAPÍTULO 81

Pai recolocou em seus lugares as estantes que retirara para visualizar melhor as paredes da biblioteca. Fato é que, com as recentes aquisições bibliográficas, não havia mais espaço para todo o acervo. Por isso voltou a encostar as estantes umas às outras, tapando as paredes. Ainda assim faltava espaço. As pilhas de livros no chão e sobre bancos de pau multiplicaram-se com tal proporção que, feito barricadas, taparam a pequena janela de vistas estreitas. Quando os livros ameaçaram impedir o fecho da porta, pai achou que seria imoral e cruel um homem ficar privado de intimidade intelectual. Grandes vagas de livros migraram em dominó para o resto do casarão, que já possuía boas amostras do acervo. Com o tempo, diversos tomos foram vistos debaixo dos catres, no vão das colunas de tapetes enrolados, dentro das gavetas de talheres, chamuscados junto de tachos e panelas de ferro e no armário com a coleção de louça branca.

O quadro do Senhor Rei seguiu na biblioteca, encostado em um canto, rodeado por obras em latim e coberto com um lençol.

CAPÍTULO 82

Aparecida penteia mãe e cantarola:

Um castelo
Amarelo
Escondido
Pra você

CAPÍTULO 83

Pai diz que levará mãe a um médico. Assim que arrumarem a fachada, levará mãe a um médico na capital.

CAPÍTULO 84

Retirou da gaveta o caderno de capa cinza. Fez e refez vinte e sete operações matemáticas, arrancou páginas, as amassou e lançou para longe, insultando-as; rabiscou traços, sinais, números, pontos de exclamação. Impossível: as contas não encaixavam. Precisava de mais um empréstimo.

CAPÍTULO 85

A menina leva as pedras nos bolsos rasgados. Elas caem. Ajeita-as na barra da saia, dobrando para cima. Depressa. Um castelo onde mãe, Nanan, onde pai, onde todo mundo possa brincar.

CAPÍTULO 86

Antes de as paredes externas secarem, e de a fachada ser cortada por três colunas jônicas, e de as telhas serem trocadas, e os beirais ampliados, e de os corrimões das escadas serem adornados com pinhas de pedra, como as *boules d'escalier* parisienses, e de começarem a ligar os quartos por corredores, como as novas casas do Rio de Janeiro, e de recuarem e optarem por mais portas para cada quarto, como os palácios renascentistas — pai encontrou em um dos volumes dos *Quattro Libri Dell'Architettura* de Andrea Palladio um capítulo detalhado sobre lareiras.

Por isso retornou a Scamozzi e passou pelas descrições de Filarete.

Mas não só.

Na pesquisa que empreendeu pela capital, voltou com quatro quilos de calhamaços furados pela traça. Era a coleção de gravuras de Piranesi.

CAPÍTULO 87

Aparecida, no meio entre Nanan e mãe, pede à mucama:

— Conta aquela da lua que foi para a festa?

— Era uma vez uma lua que foi para a festa.

— E que comeu tanto tanto que ficou cheia, cheia?

— Assim foi.

— Conta.

Mas Nanan para de falar. Leva o dedo indicador à boca, faz "shh". Aparecida acompanha os olhos dela, que se viram para o lado e mostram: mãe há muito encostara a cabeça nas costas da cadeira, e dormia.

CAPÍTULO 88

A primeira carta chegara fazia meses, enquanto pai estava na cidade, e ficou perdida entre livros e jornais do século passado. Depois veio a segunda, que só agora encontrara, e a última, sucinta, que não havia entendido. Quando pai abriu o envelope amassado nas pontas e leu o papel, não se conteve:

— Caras-de-pau!

Ele amassou a carta e a jogou entre os entulhos da casa.

A mais velha das cunhadas escrevera à mulher, em nome das demais irmãs, com uma caligrafia quase incompreensível: que sentia pela morte da mãe, a baronesa, como sentiram pela morte do barão, mas que chegava a hora de fazer o inventário e dividir o patrimônio, que todas ficariam satisfeitas em vender a fazenda, que as recordações do sobrado as acompanhariam para sempre, e que de todo modo as memórias não eram das melhores. Disse que esperavam uma resposta em breve. E que mandavam lembranças.

CAPÍTULO 89

A poeira da casa voltou a tingir de branco os cabelos de Aparecida e a roupa, então sujos da terra do monte. Era tanto o pó que, como farinha, se embrenhou pelos olhos, as unhas, o peito: a menina começou a tossir.

CAPÍTULO 90

Já não eram somente pinhas e fachadas que emocionavam pai. Ele estava tão entusiasmado com os diferentes modos de ornamentar lareiras, inspirados na arquitetura egípcia, etrusca e grega, e expostos nas imagens em água-forte das lareiras desenhadas por Piranesi para o Lorde Exeter, para John Hope, para o gabinete do príncipe Abbondio Rezzonico, mas também aquelas decoradas com camafeus, medusas, águias, medalhões, guerreiros romanos, Ucello ladeado por dragões alados, serpentes, escaravelhos, bois, esfinges, cabeças com capacetes, a Lupa Capitolina amamentando os gêmeos, pilares com leões, liras, figuras invertidas — estava tão entusiasmado que, quando anunciou a construção de uma lareira no salão principal, uma lareira nos trópicos, quando a anunciou, em meados da primavera, altura em que os pedreiros avançavam ao telhado, arrancando telhas quebradas, fazendo ruído e dispersando um ninho de coruja-preta, e o mestre de obras avisava da necessidade de recompor o muro de arrimo antes das próximas chuvas, para evitar a erosão, pai comemorou a iniciativa sozinho à mesa, com vinho e macarrão comprados em armazém da cidade. Amarrou o guardanapo no pescoço com o esmero de uma gravata. Em homenagem ao italiano Piranesi, virtuoso mesmo sendo de Veneza, e não de Florença. Piranesi, "L'uomo dei camini".

CAPÍTULO 91

Em outubro levaram mãe. Tinha as unhas roídas até a carne, os cabelos emaranhados, a testa franzida: grito. Levaram-na cedo, o céu ainda em lento aviso. Os olhos pretos, não se os via. Pai, de chapéu e bengala, ia atrás dos homens que vieram buscá-la.

A menina acompanhou de longe mãe não dizer até logo.

CAPÍTULO 92

No dia em que vieram buscar mãe, sua carne espalmada, coração debatido, parecia bicho. Aparecida conheceu saudade. Não poderia ir lamentar ao pé da mangueira. Esgotou-se sem precisar chorar, o peito perdeu seu abraço para o mundo. Viu como mãe se moveu, os braços urgentes tentando agarrar alguma réstia do dia. Estava viva, e estaria por muitos anos, mas como esses vivos que já são mortos, tão longe estão seus gestos. Falava palavras que ninguém poderia escutar, palavras do avesso.

— Foi viver em um grande palácio — disse pai, dias depois.

Com que força um dia sempre se segue a outro.

Mas a menina era fraca. Nascera em falta: carecia de dois centímetros à perna esquerda. As pintas, atribuídas à influência da lua, vingaram somente de um lado do rosto. A risca que dividia seus cabelos era torta. Seus cabelos lisos, tão lisos que murcharam. Aparecida contou os retalhos da colcha da cama, mas disso só aprendeu que as coisas quem junta e conclui é gente. Também queria juntar suas partes.

Tossiu, tossia a saudade toda.

CAPÍTULO 93

Tum, tum, tum, tum. Para cá, para lá. Eram os passos de pai na biblioteca, durante a noite. Para lá e para cá.

CAPÍTULO 94

— Divino, soberbo — disse pai à Aparecida, indicando uma gravura. Doze cabeças de medusa, seis de cada lado, e a décima terceira, maior, no meio do friso. As serpentes contorcidas faziam o adorno no frontispício da lareira. Via a simetria, a proporção, o ritmo?

— Não.

Como não via? Pai se esforçou por mostrar de novo cada uma das qualidades: a correspondência do número seis, que encontrava sua idêntica metade à direita; no centro, a grande medusa, com seus olhos estrangulados e a boca aberta, cheia de serpentes.

— Chatice! — disse a menina.

Pai estranhou: — Que palavra, Aparecida! Que modos! — disse, abrindo os olhos com o escândalo da medusa estampada no livro. Onde foi que havia aprendido uma coisa daquelas?

A menina não respondeu.

Pai pigarreou, constrangido. Não chamara a filha por isso. Havia outra razão.

E era que Piranesi, ademais de excelente gravurista, bem entendido na técnica de água-forte em pranchas de cobre e no estudo minucioso da Antiguidade, Piranesi também soube distinguir bem a diferença entre palácios e castelos. Pai percorreu várias páginas, apontando as imagens: Palazzo Farnese, Barberini, Odescalchi, Orsini, Salviati, dell'Academia. Enfim, eram muitos, e parecidos: um bloco grande e simétrico de múltiplos pavimentos, e na fachada dezenas de janelas equidistantes para dar o ar majestoso das famílias mais nobres.

Aparecida, na cadeira, assentiu.

— Os castelos são diferentes — retomou pai. Abriu outra página e mostrou *Del Castello dell'Acqua Giulia*. Percebia a diferença?

A menina percorreu a imagem com o dedo, contornando o muro erodido e os tufos de mato que brotavam das pedras. Embaixo, em frente ao castelo, dois homens conversam. São pequenos como insetos. Começou a folhear o livro. Tossiu.

— Que tosse, minha filha — disse pai, e lhe estendeu um lenço.

Ele ia dizendo que os palácios eram sem dúvida mais nobres, porque neles moravam os reis e os príncipes; enquanto os castelos ficavam expostos às investidas dos bárbaros e à erosão do tempo, por isso estavam em ruínas nas imagens.

A menina apontou na página 129 uma figura cheia de escadas, arcos, cordas e torres: era um castelo ou um palácio?

— Nem um nem outro — pai disse. Aquilo era uma prisão.

CAPÍTULO 95

No almoço comeram ovos e couve.

— Que tosse é essa, minha filha? — perguntou pai.

A menina não respondeu.

— Faz favor de usar um guardanapo — disse, e o estendeu à menina.

CAPÍTULO 96

O mestre, vendo a cobiça do patrão por um palacete, falou das casas do lado fluminense do vale. Uma alameda de árvores centenárias abria caminho até os solares. No painel central dos sobrados, portas envidraçadas iluminavam o grande salão de festas, provido de um espaço elevado para a orquestra. Falou que depois da lareira, e de erguer o muro de arrimo, e de trocar o telhado e aumentar os beirais, se o patrão quisesse...

Pai gostou da ideia de uma orquestra junto à lareira.

CAPÍTULO 97

Nanan cantava o terço baixinho, na cozinha. Aparecida chegou em silêncio. As palavras da criada não eram nem as do Pai Nosso nem de Ave Maria. Falavam de vento, coração e, talvez, do mundo.

Ao ver a menina, ela disse:

— Então está aí?

Levantou-se e foi atrás do doce de compota em cima do armário. Deu uma colherada à menina. Disse que estavam todos preocupados. O senhor havia saído à sua procura por toda casa.

A menina lambia a colher.

— Usou até o sino — Nanan disse. Contou também que ele já quase pegava a bengala e o chapéu para revolver a fazenda. Melhor seria Aparecida ir ter com ele.

A menina pediu mais doce.

No dia seguinte, pai chamou a criada à biblioteca para lhe falar em particular:

— O que essa menina tem?

Ela não sabia. As crianças eram assim, um pouco avoadas.

Foi quando ele se apercebeu e, se acercando, disse: — E você, o que é que tem aí?

CAPÍTULO 98

Um ramo.

Um ramo de alecrim, pai se certificou depois, e bem enfiado na roupa, saindo pela cintura, por cima do avental. Como se sufocasse, o ramo saía, sim, porque em princípio estava escondido.

— Indiscutivelmente — pontuou pai.

A empregada disse, mostrando a erva: — Para um chá, senhor.

Pai se contrariou. Se assim o fosse, por que ela haveria de guardá-lo tão, tão... e esqueceu-se da palavra. Estalou os dedos, sôfrego. Até que, súbito, lembrou-se:

— Encafuado. Por que o ramo estava tão encafuado?

Nanan não respondeu.

— Obscôndito?

Pai repetiu. Por duas vezes respirou fundo. Mudou de rota, apostou no advérbio: — Tão secretamente?

A situação lhe parecia flagrante e contraditória. Afinal, bastava levar o ramo na mão, como se faz com um ingrediente inofensivo, ou deixá-lo na cozinha. Voltou à carga:

— Indiscutivelmente.

— Um chá, senhor — respondeu Nanan. — É para a menina.

Pai não se conteve. Desde quando chá de alecrim era para criança?

— Para o ânimo.

Ele quase acreditou. Achegou-se, sentiu-se cheio de boas intenções. Não queria que à filha lhe faltasse ânimo. Mas e as formas? Os modos? Refletiu depressa, mais rápido do que as mãos gesticulavam. O que faltava à Aparecida não era ânimo, nem chá, nem mato — eram regras. De repente, todos os chás lhe pareceram temerários, feitos com o propósito de fomentar a desobediência.

Quis inspecionar melhor. A criada não guardaria nada além?

Mandou tirar o avental.

Ao ver as ancas daquela mulher, antes disfarçadas no pano que dava toda a volta por trás, ao vê-las, lascívias, tesas sob a saia, pai calculou: um ferrão a ponto de ataque, essa preta quer enfeitiçar toda a família.

CAPÍTULO 99

Havendo uma orquestra, e mesmo se no início fosse apenas uma banda, haveria também músicos, instrumentos, repertório. E, assim, pai visualizou todo um novo conjunto de tarefas a empreender. Um músico que tocasse lundu no tambor, como faziam nas ruas do Rio de Janeiro, seria indigno do casarão que aos poucos se erguia. O repertório, sobretudo o repertório. Era preciso estabelecer desde já a seleção de obras a executar. Fechou os olhos. Um calafrio erradiou da espinha dorsal até seu pescoço, deixando uma sensação de deleite. Foi buscar um caderno. Um caderno novo.

Magnificência.

Anotou a virtude na primeira folha em branco. A letra saiu trêmula. Ele estava em êxtase, certo de que tomava a boa direção. Aquela virtude guiaria o desenvolvimento da reforma até seu auge.

A lareira inspirada em Piranesi só ficava a dever à tradição antecessora, a do barroco tardio: Vivaldi. Depois, ponderou. Se o repertório se alargasse, alcançaria ainda mais fama e prestígio. Junto ao violino das *Quattro stagioni*, pai agregou a ópera: Bellini, Rossini, Verdi. Tudo se encaixava à perfeição.

Seu entusiasmo aos poucos eclipsou, e uma sombra veio escurecer a virtude outrora escrita no caderno, quando pai lembrou que havia horas não via Aparecida. Aborreceu-se. Voltou ao caderno, tentou se lembrar da protagonista de *La forza del destino*. Elena, Leona, Eleonora. Nada. Perdera a concentração. Desse jeito, concluiu, era impossível avançar.

CAPÍTULO 100

Baforou o charuto e perguntou à filha, que entrava em casa, onde é que ela estivera. Era já o fim da tarde.

— Brincando.

Mas ele tinha ido atrás dela, a viu sair de manhã. Afinal, há dias estancava em seus pensamentos, molesto por não saber onde a filha passava as horas do dia. Os homens estavam estirados no quintal, fingindo engrenar o trabalho, e pai a seguiu até o monte depois da clareira. Assim que a menina fez o caminho de volta à casa, ele se achegou e examinou o emaranhado de pedras, tocos de cadeira, pedaços de guarnição das janelas, maçanetas. Mas não só: lenços de mãe, vestidos de mãe, luvas de mãe, seus brincos antigos, todos misturados em uma confusão de propósito e cores que, se a filha não fosse criança, pensaria que estava louca.

— Decerto foi ideia da criada, pois não?

CAPÍTULO 101

Aparecida a buscou na cozinha: não estava. Subiu aos quartos. Passou pelos banheiros, entrou em uma alcova sem maçaneta. Espiou pelas janelas. Nada. Voltou a descer, circulou pelo alpendre, saiu ao terreno. Deu a volta pelo estábulo, pelo milharal. Ladeou o toco da mangueira que, como um braço vencido, ficara abandonado. Chegou perto da senzala, com a entrada em arco.

Voltou à cozinha.

— Quedê Nanan?

A outra criada, refogando folhas de espinafre com cebola, voltou-se à menina. Depois balançou a cabeça, olhando para baixo, dizendo que não. Nanan já não servia. O patrão mandou embora.

CAPÍTULO 102

O verão chegou e com ele vieram as ventanias que sacudiam as janelas e faziam estremecer os poucos vidros que restavam em algumas delas.

A criada apontou ao alto: vai chover. Era a última mulher que ainda trabalhava na casa. Correu com bacias à mão para colocá-las debaixo das goteiras. Não era difícil encontrar o ponto certo, bastava buscar as poças formadas nos dias anteriores.

Os pedreiros, lá fora, se queixaram: alguns, porque os troços das novas paredes de pilão ainda não haviam secado e a chuva amoleceria o barro; outros, pelo impossível que era se mover no telhado com aquele aguaceiro todo. Pai tomou as rédeas da desordem:

— Mais seriedade, se faz favor — disse.

Em todo caso, solicitou que tapassem as paredes de fora com uma manta ou tábuas ou panos. Qualquer coisa.

Aparecida, com medo da trovoada, se escondeu atrás das caixas de livros. Ficou ali até pai ouvi-la.

— Eita, tosse do capeta! — disse pai.

Ele logo buscou explicações: devia ser o frio, as crianças sentiam frio quando menos se esperava, mesmo no verão, mesmo a trinta e oito graus. Mandou a menina se agasalhar.

Mas Aparecida disse que não.

— Como não?

Não, não ia vestir o casaco.

CAPÍTULO 103

Pai começou a esvaziar a biblioteca. Não o fazia mais em caixas, como ocorreu para abrir espaço ao quadro do Senhor Rei e, antes de pregá-lo à parede — plano este que nunca chegou a completar —, para examinar melhor aquelas trincas que se abriam na taipa, uma ou outra mancha de bolor, verde ou preta, que crescia na parede, no rodapé, depois no teto, e que pai dizia serem efeito da umidade.

Agora pai retirava os livros aos montes, usando grandes sacos de pano.

CAPÍTULO 104

As chuvas despedaçaram parte do telhado da biblioteca, cujas telhas foram deslocadas por conta da reforma, e a água que vazava pelo teto, escorrendo pela parede, formou uma poça suja no chão. Pai já havia esvaziado aquela esquina, de modo que a água não molhou os livros.

À mesa, perguntou à filha como ela estava. Seu rosto parecia abatido, a pele mais branca.

— Bem — ela respondeu, em frente, vendo pai ajeitar os talheres nas mãos.

Ele se afastou um pouco para que a criada lhe pusesse o toucinho embrulhado em folha de couve. Emendou que era melhor servirem sopa à filha. A menina estava tossindo demais, talvez engasgasse com a couve.

— Não — Aparecida disse.

— Como não?

Não queria sopa.

Pai fez sinal à criada. Ela serviu sopa à menina.

CAPÍTULO 105

Pai levou madrugadas inteiras para terminar o serviço e retirar todos os livros, porque as estantes eram esvaziadas por ordem temática, e os livros, dispostos em sacos por ordem alfabética. Havia presenteado a filha com caixas de livros, temendo que ela escapasse da civilização, mas chateou-se quando a viu subir em uma delas para alcançar o topo de um armário em busca de doce de compota. Por isso, dos últimos livros que retirou, não lhe ofereceu nenhum.

A criada postou-se à porta, perguntando se ele precisava de ajuda. Não, não precisava. Apenas quando não havia mais nenhum rastro de civilização, quando todas as páginas dos livros tinham sido deslocadas para baixo, ocupando quatro alcovas inteiras, junto dos cadernos de anotação, incluindo a Tábua das Virtudes, pai chamou os homens: que o ajudassem a levar a mobília e o quadro do Senhor Rei.

— Assim ficará melhor — pai concluiu, conferindo o vazio das paredes, com suas frestas e manchas de bolor, enquanto os homens desciam a escada com a última estante.

Sem os livros, a janela de vistas estreitas voltou a marcar sua geometria.

Todos aprovaram.

Pai secou a testa com um lenço: — Muito melhor, sem dúvida.

CAPÍTULO 106

Quando pai chamou a menina, a caliça já se havia depositado em toda a extensão dos cabelos dela. Sobraram os olhos. Aparecida e seus olhos de lodo. Ela disse que não, que não ia, mas pai falou que era uma coisa muito importante. Então a menina catou o resto da voz miúda, feito raspa de tacho, e perguntou:

— Que coisa?

Subiram à biblioteca em sentido anti-horário.

Aparecida anda devagar, como se pernas de barro secas, pintadas com o branco das estátuas santas. Ergue os braços de terracota para apoiar-se no corrimão e, no instante seguinte, está cruzando o batente da porta.

Fora, a tarde estremece.

Quando pai decidiu que a filha devia ficar de quarentena, arranjou catre e cadeira de palhinha. Pensou em levar à biblioteca a estátua de Nossa Senhora. Não a encontrou: talvez tenha sido quebrada com marreta durante a reforma. A reforma que tanto lhe fizera aprender sobre o mundo etrusco, egípcio, gótico, e depois grego, renascentista — a reforma haveria de prosseguir.

Ele já tinha entendido, julgando que a sabedoria acompanhava os mais velhos, que era tarde. Demasiado tarde. Por isso mandou os homens limparem a sujeira que a filha armou no monte e jogarem fora todas aquelas pedras e lixo e roupas de mãe, que pareciam oferendas para o demônio. Naquele instante pai já havia entendido, e ainda mais quando, passados alguns dias, notou o quadro do Senhor Rei esgarçado por dedos de criança — soube que eram de criança, porque só um ser rudimentar tem dedos tão pequenos —, não adiantaria dizer que foi culpa da reforma, porque uma reforma avança com pás e picaretas, mas não tem a rebeldia desajustada da infância, e porque ele mesmo viu o quadro ser deslocado da biblioteca à alcova de baixo, inteiro, limpo, apesar daquela barba espessa e velha do Rei, enfim, um Rei é um Rei — de fato, refletiu, daquela vez em que o quadro desapareceu, e que ele culpou os pedreiros, bem pôde ter sido a menina, em um ato principiante de desobediência ou desvario, que para todos os efeitos é a mesma coisa, um sendo o germe do outro — pai por fim entendeu que a filha enlouquecia, sendo por obra de feitiço ou efeito do próprio destino, ela enlouquecia, do mesmo modo como soube que aquelas tosses, as tosses que prosseguiam mesmo depois do almoço, de sopas e legumes leves, portanto não se podendo culpar a comida, aquelas tosses brancas e aquele corpo branco adoeciam.

E assim foi, e ficou sendo.

Dentro de tudo, a noite.

— Que coisa?

— Um castelo — pai diz.

Quando ele decidiu tapar o vão do telhado da biblioteca, e colocar no cômodo um catre e uma cadeira de palhinha, apenas isso, dois móveis, como por fim aconteceu ao quarto da avó, pai já tinha aberto um novo caderno para iniciar o inventário do casarão: duas cadeiras de balanço, um armário de botica, um guarda-vestido de vinhático, uma dúzia de cadeiras francesas, nove de sala, certamente cadeiras austríacas de Thonet... Ele também já tinha emperrado a escrita a meio de uma linha, para pensar, para dizer frases inteiras, "Só mais um pouco e eu termino minha obra", a maior delas, um pouco mais e a reforma estaria pronta, a obra maestra de sua vida, ficaria um palácio dos mais bonitos, só era preciso um novo empréstimo, só era preciso adiar o inventário, ninguém haveria de morrer amanhã, todos veriam: ficaria um palácio e tanto. A doença da menina não haveria de atrapalhá-lo.

Ele sai, deixando a filha dentro, e tranca a porta atrás de si.

Dentro de noites, há noite. A casa é uma sucessão de quadrados abertos à força, dentro de outros quadrados, de quartos, dentro de livros, dentro de quadros, da tarde que desanda e cai, de pedras, da torre que se ergue e avista lá do alto o céu turvar e o mar virar do avesso, abrindo a tempestade.

Este livro foi composto em Minion Pro
e impresso em papel soft 80g g/m²,
em Fevereiro de 2024.